中国礼仪故事

文化部民族民间文艺发展中心 选编

光明日报出版社

图书在版编目（CIP）数据

中国礼仪故事 / 文化部民族民间文艺发展中心选编. --北京：光明日报出版社，2016.7（2019.10重印）
　ISBN 978-7-5194-1304-0

Ⅰ.①中… Ⅱ.①文… Ⅲ.①故事—作品集—中国 Ⅳ.①I247.8

中国版本图书馆CIP数据核字（2016）第161870号

中国礼仪故事
ZHONGGUO LIYI GUSHI

选　　编：	文化部民族民间文艺发展中心		
策 划 人：	李　松		
责任编辑：	谢　香　李　倩	责任校对：	傅泉泽
封面设计：	杰瑞设计	责任印制：	曹　净

出版发行：光明日报出版社
地　　址：北京市西城区永安路106号，100050
电　　话：010-67078248（咨询），010-63131930（邮购）
传　　真：010-67078227，67078255
网　　址：http://book.gmw.cn
E - mail：gmcbs@gmw.cn
法律顾问：北京德恒律师事务所龚柳方律师
印　　刷：河北鹏润印刷有限公司
装　　订：河北鹏润印刷有限公司

本书如有破损、缺页、装订错误，请与本社联系调换

开　　本：	170mm×240mm		
字　　数：	140千字	印　张：	10.5
版　　次：	2016年8月第1版	印　次：	2019年10月第2次印刷
书　　号：	ISBN 978-7--5194-1304-0		

定　　价：26.00元

版权所有　翻印必究

目录

第1篇 百善孝为先

袁肖救爷爷	2
张县令审不孝子	5
虐待老母，活人变驴（蒙古族）	8
有孝感动天，无孝遭雷打	12
一母二子（门巴族）	18
两兄弟卖爹（佤族）	21
三个光棍认母（藏族）	25
孙思邈的药引	29
丁兰刻母	32
佛爷和母亲（蒙古族）	35
劈山救母	40

第2篇 敬人者，人恒敬之

国王与瓜农（维吾尔族）	46
客人至尊（乌孜别克族）	49
马四赔礼（回族）	51
鲁班帮徒	57
孔夫子向范丹借粮	60
谢玄投师	64
燕王问路	67
不忘恩师	70
马娘娘寻舅舅	72

千里送鹅毛 ··· 78
一家和睦值万金（土家族）··· 81

第3篇　上善若水，厚德载物

尧王传舜 ··· 86
孔子识人 ··· 89
颜回烧粥 ··· 92
先贤燕子 ··· 96
扁鹊拜师 ··· 98
鲁班拜师 ·· 101
陈振东收奇徒 ·· 107
孔子师项橐 ··· 110
父子比高下（门巴族）·· 114
石葫芦 ·· 116
宰相的度量 ··· 119
爷孙情 ·· 122
王状元移地教子 ··· 125
树要从小扶，人要从小教 ·· 129

第4篇　忠诚敦厚，秉政清廉

晏殊伴读 ·· 134
王尔烈教太子 ·· 137
不事二主 ·· 140
洪母斥子 ·· 143
唐太宗认错奖敬德 ·· 147
与皇上下棋 ··· 149
李侗智警张三府 ··· 152
海瑞母亲六十大寿 ·· 155
海瑞罢官归田 ·· 157
一瓢橘子望丈母，礼轻情意重 ······································ 160
后记 ··· 163

第①篇 百善孝为先

袁肖救爷爷

讲述者：杜玉芬 / 采录者：傅小娟 / 采录时间：1987 年 / 采录地点：双鸭山市尖山区

从前，有一户袁姓人家，父亲袁冲已年过花甲，是个瘫痪十多年的病老头。老伴去世后，全靠儿子、儿媳服侍。时间一长，儿子、儿媳就都不耐烦了。

有一天，儿媳和丈夫袁荟商量说："老头没几天活头了，我看趁早把他送出去算了。省得活受罪！"袁荟马上领会了妻子的意思。第二天，他到西山里砍了一捆"金扫条"，用半天时间编好了一只"金笆"。到晚上，儿媳走到老头的床边，特别和气地对老头说："爹，你整天躺在家里闷得慌，明天我舅舅家的孩子结婚，我和袁荟想让你也去热闹热闹。"老头说："我病病殃殃的，不想去了，还是你们去吧。"儿媳说："你有病不要紧，袁荟编好了一只金笆，你坐里边，我们拉你去。"老头见儿媳今天特别和气，还以为是一片好意，便点头答应了。

第二天，袁荟夫妻把老头抬到金笆里，坐稳之后，用手推车推着直奔西山坡。走了一段路以后，老头觉得不对劲，便对儿子儿媳说："到你舅舅家，不该走这条路啊？"袁荟说："今天是绕道走。"过了一会儿，他们来到了西山坡上，袁荟停下车，把脸一沉，说："我们服侍你已好多年了，今天，你的阳寿已到，看在父子情分上，不忍心整死你，只能让你自己去死吧，喂熊还是喂狼，那就看你的运气了。"说罢，他把金笆往地上一搬，便和媳妇推着空车回家了。

晌午时候，袁荟的儿子袁肖放学回家，没看见爷爷，就问妈妈：

"妈妈，我爷爷上哪去了？"袁荟媳妇把事情毫不隐瞒地告诉了儿子，并对儿子说："那老头炕上吃炕上拉，太埋汰了，今天把他送出去，以后家可就干净了。省下钱给你买新衣服穿，我的好儿子只要你好好读书，要什么都给你。"袁肖听了母亲的话后，什么也没说，向母亲要了点零钱，到街上买了一块熟肉和二两白酒，跑上西山找到爷爷，跪在爷爷面前说："爷爷，您饿了吧，请您喝点酒吧。"老头见孙子心眼这么好，不禁流下泪来。袁肖对爷爷说："爷爷，您先在这儿喝着，把金笆给我。"爷爷说："你要金笆干什么？"袁肖说："我有用。"说完，他慢慢地把爷爷挪到草地上，背上金笆就往山下跑，他边跑边对爷爷喊："爷爷，您等着，一会儿就有人来接您。"

袁肖跑回家中，把金笆放在一旁，转身对爹妈念起了顺口溜："六月里的太阳像团火，袁肖我背着金笆有话说，一来劝爹把意转，二来劝母孝公婆。若不然你二老到了花甲日，我也拿金笆送你们去西山坡。"袁肖唱完，对爹妈说："今天我背回金笆，请爹爹把它挂到屋子正

中,等你们老了那天,我背你们用。"

袁荟夫妇听完儿子的话,相对无言,不寒而栗。半晌后,两人只得跑到西山坡,又把老头接回来了。从此,袁荟夫妇再也不敢虐待老头了。

故事小火花

袁荟夫妻嫌弃瘫痪在床的父亲,用金笆把父亲背到山上扔掉了。孙子袁肖孝顺、聪明,用同样的方式告诫父母要孝顺老人,给自己做好榜样,终使父母回心转意,把爷爷接回家来。

知道中国,多一点

孝文化: 古人云:"百善孝为先。"孝敬父母自古以来是中华民族的传统美德,如"戏彩娱亲""卖身葬父""刻木事亲""扇枕温衾""卧冰求鲤"等二十四孝故事,广为流传。

日积月累

敬老得老,敬禾是宝。——谚语

张县令审不孝子

讲 述 者：宋照棋 / 采 录 者：宋进潮 / 采录时间：1986 年 / 采录地点：保康县马良镇宋家村

　　从前有个不孝的人，姓刘，他待老母亲太坏了，旁人都气不过。同乡有好心的秀才实在看不下去，替老母亲写了一个状子，递给县令张进春。

　　张县令传来刘家娘儿俩，当堂质问刘公子："你虐待母亲是不是实情？"刘公子见母亲和证人都在场，只好说是实情。

"既是生身母亲，你为何不报养育之恩？"

"母亲的养育之恩我已经报够了。"

"报够了？你这是哪一说？"

"从我生下来到十九岁完婚，这十九年算是母亲抚养我。今年我三十八岁，已经养够了母亲十九年，这不就还完了债吗？现在谁也不欠谁的账，谁也不该养活谁了！"

张县令猛地大喝一声："你生下来的时候有多重？"

"听说七斤。"

"这七斤是啥东西，从哪儿来的？"

刘公子的母亲在一旁边哭边说："都是我身上的肉啊！"

张县令问："被告，你母亲这七斤肉，你还没还？"

刘公子答不上啦。张县令喊："拿刀来！"揪住刘公子的耳朵说："你说，割哪块肉还你母亲？"刘公子只喊饶命。这时候，刘公子的母亲扑通跪到张县令面前，说："老爷，反正他那百十斤也是我身上的肉，要打要杀，就朝我这老骨头上来吧。他屋里有妻子儿女，离了他不行啊！"

这回刘公子算是清醒啦，也跪到他妈面前哭起来，"妈呀，我对不起您老人家呀！"

故事小火花

刘公子强词夺理，不报母亲的养育之恩。当张县令要割他身上的肉时，刘公子的母亲却不忍心，反要县令打杀自己。真是可怜天下父母心啊！刘公子终于醒悟，骨肉至亲，血浓于水的道理。

知道中国，多一点

血浓于水：形容骨肉亲情难以割舍的成语。人们之间所有的感情比作水，而父母对自己孩子的感情则为血。血比水浓，父母之情，世间无与伦比。刘公子虽然不孝，但他的母亲还是会处处维护他。

日积月累

鸦有反哺之义，羊知跪乳之恩。——谚语

虐待老母，活人变驴 (蒙古族)

讲述者：贡森诺日布 (62岁，阿拉善旗牧民) / 采录者：朝克图 / 翻译者：乌恩奇

从前，有一个猎户人家，一家三口人，儿子、儿媳和年迈的老母亲。他们靠打猎为生，用猎获的野兽换取米面和食物，过着清贫的日子。儿子为了养家糊口，整天在山野里游荡着，有时一去几天才归来。老母亲年迈体衰，已经双目失明，整天坐在炕上，等待儿媳来侍候。

日久天长，儿媳渐渐失去了耐心，对待婆婆一天比一天刻薄起来。婆婆不能按时吃饭，就是粗茶淡饭，也经常是填不饱肚子，而且经常是挨骂受气。可是母亲心里想，只要儿子和儿媳两人和睦相处，过好日子，自己就是吃糠咽菜，也算心满意足了。儿子不在时，家里发生的事，婆婆都压在心底，从不给儿子露出半句。母亲只是希望儿子能多待在家中，过平安的日子。可是，儿媳对婆婆一天比一天坏，心也一天比一天狠毒起来。

这一天，儿子要出门狩猎，母亲忍不住哭了起来，说："孩子，当你离家之后，我总是感到十分孤单和难过。可是你为了一家人生活，不能不去山里。妈妈只是盼望你早早归来。"说着，老泪纵横，泪水就像泉水一样涌出来。

儿子走在路上，回想着母亲刚才的样子，觉得与过去不同，今天说这些话，一定有说不出的苦衷。但是又一想，妈妈年纪大了，一定会感情脆弱，像孩子一样。可怜的妈妈现在越来越离不开儿子了。

婆媳之间的关系变得越发冷淡。这一天，儿媳对婆婆说："今天给你吃饱了，这是你喜欢的食物。"

"那太好了!"婆婆高兴地说,"如果能有香喷喷的包子,我就能填饱肚子了。"

"不知好歹的老婆子!"儿媳几乎破口大骂,"哪一天你不曾填饱肚子?"

热气腾腾的包子出笼了,老太太因为没有牙齿。只好慢慢吞嚼。可是那包子的肉馅却显得格外粗硬。她费了很多时间,却总是嚼不烂。只好说:"孩子,这包子里像是塞满了拉不断的筋皮。"

"你眼睛瞎了,肚子里也装满了坏下水。我好心好意侍奉你,你却是这样的不满意。难道你还想吃山珍海味不成!"儿媳没好气地挖苦了她一顿。

老太太气得说不上话来,停了半天,才说:"你若是不愿侍奉我,就尽管拿粗米黑面来给我充饥算了。可是万万不该用那种肮脏的肉来欺骗我。我眼睛虽然瞎了,舌头可还没有咽到肚子里。难道你就不怕老天报应你!"

"我看你是吃饱了没有事,撑得你胡思乱想。我想听你说说,这到底是什么肉?"

"这明明是用驴胎盘做的馅,你是在蒙骗我。"婆婆说。

"简直是天大的冤枉!我一个人辛辛苦苦侍奉你,你却这样想。真是人眼瞎了,心眼也坏了。如果你不想吃,就只好撤桌子了。"说着,儿媳将面前的包子和碗筷一股脑儿撤了出去。

第二天,儿子回来了。母亲实在忍受不了欺辱,就对儿子哭诉了昨天发生的事。儿子听了后,气愤地对妻子说:"我以最诚挚的感情,将妈妈托付给你,希望你能侍候好她。可是一片好心像是油倒在了沙漠里。你这样对待老人,也不想为自己来世积德!"

儿媳听到丈夫的责备,哭喊着辩解道:"我待她超过了自己的亲生母亲,真是好心成了驴肝肺,如果瞎老太太屁话是真的,我可以对天发誓,用不了三天,我就变成一头可恶的母驴!"妻子捶胸顿足,信誓旦旦地发起誓来。

猎人不知应该听谁了，只好耐着性子把这一场纠纷搪塞过去。

夜幕降临了，媳妇躺在炕上，开始觉得不舒服起来。母子俩张罗了汤药为她服下，但是媳妇的病情不见好转。她在昏迷中挣扎着，开始是胡言乱语，渐渐失去了说话的能力。

"也许老人的话过分伤害了她，气得她疯疯癫癫了。"儿子不知所措，自言自语地说着。

等到第二天，儿媳的病情有所好转。但是当她渐渐醒来时，相貌突然改变了：耳朵和脸面变得长长的，手脚长出了黑硬的蹄子，浑身长满了灰色的毛。当她想要说话时，发出的却是一声可怕的吼叫。她真的变成了一头大母驴。

故事小火花

不孝的儿媳妇虐待婆婆，给婆婆吃驴胎盘馅的包子。她对丈夫撒谎说没有欺侮婆婆，还对天发下毒誓，结果誓言成真，恶媳妇变成了一头大母驴。

知道中国，多一点

蒙古族：是我国的少数民族之一，主要分布在内蒙古自治区、东北三省、新疆、河北、青海等地。"蒙古"这一名称较早记载于《旧唐书》和《契丹国志》，其意为"永恒之火"，别称"马背民族"。在古代，蒙古族过着"逐水草而迁徙"的游牧生活。

日积月累

重资财，薄父母，不成人子。——朱柏庐

有孝感动天，无孝遭雷打

讲述者：陈玉来 / 采录者：黄炳瑜 / 采录时间：1988年 / 采录地点：惠安县

清朝道光年间，惠北某村有一个人，名叫陈教义，娶妻郑氏，生了两个儿子。大儿子陈松理，不爱读书，跟父亲去推车。二儿子陈松华，年满七岁，正在学馆里读书。

一晃陈松理十八岁了，就娶了亲。他妻子李氏十分贤孝勤快，但凡重活脏活，总一人包揽过来，不让公公婆婆去做，是五乡八村有名的好媳妇。

而松华哩，一直由哥嫂出钱供他读书，直到中了秀才。正好有个张员外，听说松华中了秀才，就将最小的女儿嫁了他，还贴了很多嫁妆和金银。

过不多久，陈教义积劳成疾，倒床不几日就双脚伸直死去了。父亲死后，松华夫妻就吵着闹着要分家。分家时，松华妻子横眉竖眼地说："我的所有嫁妆，任何人也休想占去一分一厘！"婆婆很生气，骂他们忘了哥嫂的情义。松华默不作声，他妻子却嚼三骂四，蛮不讲理。

松理夫妻劝母亲说："算了吧！单靠祖宗家产是发不了财的，只有自己勤劳才是根本。干脆家产对半分罢，我们也不想多分啦！"分完家产，兄弟俩商定母亲轮流供养，每人负责一年，第一年由松理负责。

兄弟分家后，陈松华在岳父张员外的扶助下，从三里路外一个浪荡子的手里购买了一座漂亮的大厝，搬过去住，又开始经营生意。不久，陈松华逐渐富了起来。第二年，该是轮到松华供养母亲的时候，却连他的影子也没见着。母亲非常气愤,松理夫妻说:"母亲啊,你何必与他们生气,他们不养我们养,既然松华夫妻缺心少肺,你到那里去我们也放心不下。"母亲被感动了,在松理家中一住就是五年。五年来,陈松华虽家资万贯,但从来没有到松理家中询问母亲的情况。

　　天有不测风云,人有旦夕祸福。却说当时这里流行着一种瘟疫,陈松华的两个儿子都染上了瘟疫死了,而且生意也开始衰败下来。陈松理一家除两个小孩外,其余的大人都病得连烧开水都困难。松理的妻子李氏还是勉强挣扎起来煮番薯汤,让一家大小解渴充饥。大概是烘火出大汗的缘故吧,李氏的病意外地渐渐好起来了。李氏病一好,就出外赚钱。她帮人家推车,一领到钱就先买了一帖药,煎熬给婆婆喝,不久婆婆的病也好了,只剩下松理的病还未好。这日,李氏又出外推车去了。母亲对松理说:"五年啦,松华这个不孝子连来看我死活也没有,我干脆拿一只小布袋,到松华那里弄一些粮食回来。你瞧两个小孩都饿得成啥样啦!"松理劝不住母亲,只好让她去了。

　　松华和妻子老远就看见母亲来了,张氏说:"老鬼来咧,你看她手里拿只布袋,肯定是来讨米的,赶紧关上门!"夫妻俩慌忙进屋关上了门。

母亲病刚好,慢慢挨到松华的门前,叫了半日,也不见回音,她就转去后门。到了后门,一推,门忽地开了,老人跌了进去,一只大狼狗猛地扑过来,对准老人一阵乱咬,痛得老人失声尖叫起来。幸好老人手中有一根拐杖,她一边挥舞着拐杖,一边骂:"松华啊,你这丧天良的不孝子啊!你五年没有养我,我今日来,你前门关上,后门却开着,原来是放狗咬我!你的天理良心何在啊!天啊……"老人涕泪俱下,越哭越伤心。哭到伤心处,她把头猛对准石头撞过去,只见她双眼一翻,气绝身亡了。

这时,刚巧有两个长工从这里经过,一见地上倒着一个老人,急忙跑过去扶起来,叫了半日不见反应,两人只得叫:"陈员外!陈员外!这里死了一个老人!"松华明知是他的母亲,却说:"那个老人是松理的母亲,你俩弄一块门板来,把她扛给松理去埋!"两个长工听了,咋了咋舌,小声嘟哝:"她不是你的母亲吗?这话你敢说我们都不敢听啊!太没良心了!"

两个长工不得已用绳索将老人捆在门板上,一人一头扛着走了。晃荡中,郑氏老人慢慢醒了过来——原来刚才老人是一时气昏了过去,并没有死。两个长工连忙解开绳索,小心地将她抬到松理家中,还硬是放下三两银子让李氏买米买药。

松理一家人对这两个长工千恩万谢,送走他俩后,李氏把这三两银子拿去买药买米,回来给婆婆伤口敷了药,又熬药给丈夫喝。不久,母子俩的伤病全好了。

松理母子的病好了,松理与妻子继续去拉车赚钱。这日,李氏在村里的路上给周太婆叫住了,说:"明日是我孙儿办满月酒,你一定要来,让你少赚一日钱,不要再让我来回奔跑啦!"李氏欢喜地点点头。

第二天,李氏要去做客时,还带一只小袋子去,准备自己少吃一点也要带一些好东西回来给婆婆吃。宴席中,上了一盆鸡肉,李氏说:"我家穷,婆婆病好后很久没有滋补身体,我自己少吃点,夹两块鸡肉包回去不知行吗?"大家见她这么贤惠孝顺,都说:"这样做对!快夹去吧！"

　　酒宴后，周太婆又让李氏带上一大包鸡肉等好东西。这包东西因包得大，结头系不牢，当李氏走到一个厕所旁边时，那包东西忽然散开，全掉下了厕所。幸好厕所不深，有几块鸡肉还捞得上来。李氏于心不忍，冒着脏臭拣了上来。回家后，李氏用清水一洗再洗，直洗到没有臭味为止，才把它放在锅里煮了一遍，端给婆婆，并将实话说了。婆婆说："不要紧，何况你已洗干净又再煮熟了，能吃得。"

　　正在这时，忽然天空乌云翻滚，电光闪闪，一声声炸雷在她们的屋子上空轰鸣。李氏是个贤孝之人，怕雷公错将婆婆和儿子炸死，就奔出屋外，大声祈祷："天公啊天公！是我不孝，鸡肉沾屎给婆婆吃。你若要敲死人，那就敲我，千万不要敲别人！"

　　只见一道刺眼的白光一闪，"轰轰"一声巨响，霹雳过处，门口一棵粗大的老榕树树干被炸裂了，树腹里竟有一瓮黄金露了出来。李氏得金的奇闻霎时轰动了四乡五里，人人称奇，都说这是有孝感动天，天赐黄金。贪心的张氏得知后，大吃一惊，心想："我也不妨学学嫂嫂

的样子，孝敬孝敬老人，但愿老天也赐金与我！"她大清早就催松华快去哥嫂家请婆婆来，自己在家中熬莲子猪肚汤等着。松华到了哥嫂家，道了千声的歉，说了万声的不是，总算把母亲请了回来。张氏未等婆婆到家门口，半路就迎上，满面笑容地婆婆长婆婆短；一到家，就端来又香又烂的猪肚莲子汤给婆婆吃，殷勤服侍了几日。这天，张氏总算盼来了村中有人办满月酒，可惜办满月酒的这户邻居，是跟她平时吵嘴斗殴过的冤家主。但她还是厚着脸皮，嬉皮笑脸地向人家道了喜，然后赖着不走，等待开宴。

宴席上，主人与一些知情的人一见张氏那模样，都暗暗吃惊和发笑，有的还差点骂出声来。等到端出了一盆鸡肉，张氏呼地站起来，连忙夹起两块鸡肉，说是家里有事先走了。明明从后门一走就到，她偏去兜了一圈，走到嫂嫂掉落鸡肉的厕所，将鸡肉扔了下去，然后又将它捞了起来，带回家去。鸡肉沾着屎都不洗，对婆婆说："今日我去吃满月酒，也包两块鸡肉来给你吃！"婆婆一看鸡肉还沾着屎，不由害怕起来，忙说："这鸡肉沾着屎怎能吃哩？"张氏说："啥？大媳妇鸡肉沾屎你能吃，二媳妇鸡肉沾屎就不能吃啦！吃吃吃！"张氏不由分说，强将沾屎的鸡肉塞进婆婆嘴里，直呛得婆婆一阵阵恶心。这时，天空突然黑云乱滚，霹雳声声，雷电闪闪，张氏高兴得连喊："松华啊！赶紧出来，去捡金哇！"张氏、松华冲出屋外，只听"轰隆"一声震天动地的响，张氏、松华被雷敲死了。

后来，据说人们拿雨伞在张氏、松华死尸上一罩，只见上面浮着十个大字：有孝感动天，无孝遭雷打。

故事小火花

李氏贤孝勤快，有孝感动天，天赐黄金。张氏不孝顺婆婆，想得到黄金，遭雷劈而死。真是好心有好报，不孝有报应。

知道中国，多一点

被雷劈：民间老百姓常说，如果你坏事干绝，小心雷劈死你。其实，被雷劈是一种自然现象，但古代科学不发达，人们认为生前做过什么伤天害理的坏事被人诅咒才会被雷劈。如商朝的昏君武乙和唐代的李元霸就是被雷劈死的。

日积月累

善有善报，恶有恶报。——成语

一母二子（门巴族）

讲述者：次仁宗吉 / 采录者：贡桑多吉 / 翻译：旺堆 / 采录时间：1990 年 / 采录地点：错那县多卡乡一村

从前，一个母亲有两个儿子。大儿子和媳妇分家立了户，小儿子舍不得离开母亲，与母亲生活在一起。小儿子白天上山砍柴，晚上精心伺候着母亲。老大虽然家境非常富裕，但他滴水都不孝敬母亲，甚至看都不来看一眼。

一天，在国王恩赐百姓的宴席上，老二喝醉了酒，晚上没能回家伺候母亲。第二天醒过来后他想起了此事，非常惦念母亲，于是他急忙先上山砍柴，砍了一大捆柴火后又急忙地下山。在下山回家的途中，他觉得很劳累，就在一块岩石上歇息了片刻。当他坐下来时，嘴里不由地喊了一声"嗨哟"。这时，岩石开口问老二："你'嗨哟、嗨哟'地好像非常劳累，这是为什么呢？"老二答道："昨天我在国王恩赐的宴席上喝醉了酒，没能给阿妈做饭吃。今日我想赶紧卖完柴回家做饭去。但感到很劳累。"岩石听了说道："如果是这样，你先去卖柴，卖完柴回家给阿妈做饭去。然后，你带一个口袋到我这里来，在岩石的石缝下打开口袋等着。"

老二给阿妈做完饭后，带着一个口袋来到石缝下。他打开口袋等了一会儿，从石缝里出来了许多吃的喝的东西，把口袋装得满满的。老二高高兴兴地背着口袋回了家。从那以后，母子俩的生活过得非常幸福。此事被老大知道了，他来到阿妈家问老二："是什么原因使你们的生活变得如此的幸福？"老二毫不隐瞒地把实情告诉了老大。老大照

老二所说，连日上山砍柴背回了家。一天，他装作非常着急的样子，背着柴火来到那岩石上，口里"嗨哟"一声坐在岩石上歇息。这时岩石开口问他道："你'嗨哟、嗨哟'的叹什么气？"老大回答道："我家里的老阿妈需要由我来养活，今日上山砍柴，因体弱无力，感到非常劳累。"岩石听此说道："如果是这样，你明日带一个小口袋到这里来一趟。"第二天老大按岩石所言，带着一个小口袋等候在石缝下。但是，等了多时也不见出来什么东西，叫喊了几次也没人搭理他。他等得有些不耐烦，于是，把手伸进了石缝里，这时石缝突然合起来，把老大的手夹在了里面，怎么抽也抽不出来。老大回不了家，只有妻子每天给他送饭吃，如此一来家境也变得越来越贫穷了。有一天，妻子向他说道："咱俩没法生活在一起，分手吧。"这时，岩石不由地笑出了声，

笑开了石缝，松了老大的手。自那以后，老大家变得越来越穷，老二母子俩变得越来越富了。

故事小火花

小儿子靠砍柴卖钱养老母亲，感动了岩石，送给他好吃的好喝的孝敬母亲。大儿子知道后，想不劳而获，结果手被夹在石缝里，弄得妻离子散，越来越穷了。

知道中国，多一点

砍柴：古代穷苦的人家，常常会上山砍柴卖钱，养家糊口。有一句成语"磨刀不误砍柴工"，意思是磨刀虽花费时间，但刀磨得快了，砍柴也就快了。比喻事先充分做好准备，就能使工作加快。

日积月累

敬老得福，敬田得谷。——谚语

两兄弟卖爹（佤族）

讲述者：俄稿（佤族）/ 采录者：建军、建华 / 采录地点：沧源佤族自治县

很久以前，阿佤山的班开寨住着岩果和尼门兄弟俩。

布谷鸟叫了三七二十一次，兄弟俩已经是成家立业的年龄了，但谁也没有娶媳妇，因为他们还有一位年迈的父亲。老父亲早已做不成事，到竹笆晒台上晒晒太阳都很艰难了。兄弟俩都认为年老的父亲只会在火塘边闲吃和烤火，是自己成家的累赘，谁都不愿意赡养老人。

一天，岩果对尼门说："尼门兄弟，你看我已这么大了，该娶个老婆了。娶了老婆我就搬到外面住，你在家里安心养阿爹，家里的谷米大半归你，猪牛任你挑。"

尼门一听，双眉一蹙，心想如果答应哥哥，自己负担就更重了，今后成家时，年老的阿爹不就成了累赘？不行！于是回答说："明年桃子熟的时候，我也要娶老婆了，按照祖辈传下来的规矩，阿哥你应该留在家里照料阿爹。"

兄弟俩不上山打猎，不下田生产，在家整整争执了几天，谁也不愿意留在家里养老人。后来岩果提议说："我们争执了几天，也没有什么结果。明天是街子天，我们把阿爹抬到街上卖给人家守旱谷①去算了。"

第二天早上，兄弟俩做好了一副担架，哄骗老人说："阿爹，我们抬你去赶街，换好的草烟抽，换醇甜的水酒喝。"老人见兄弟俩这般有

---

① 旱谷：过去佤族的一种陋习，即将人头砍下来挂在旱谷地边，作祭神之用。

孝心，感动得眼泪直流，声音颤抖地说："有你俩这样好的儿子，我真是有福气啊！"

赶街那天，父子三人上了路。岩果、尼门抬着年迈的父亲走呀，走呀！上了几道坡，过了几道梁，只觉得口干舌燥，累得直喘粗气。岩果说："尼门，又热又累，歇会儿吧！"尼门也口渴难受，听阿哥说休息，忙回答说："好吧，我们去箐沟里找点水喝。"

兄弟俩把阿爹放在路边，找水去了。他俩朝着泉水淙淙作响的方向走去，走着走着，看见前面的一棵干树杈上歇着一只画眉鸟。尼门眼尖，拣起一块石头朝画眉鸟打去，不偏不歪正好打中画眉鸟的脑壳，把画眉鸟打死了。兄弟俩奔过去拣起画眉鸟，又发现树杈上有个草窝。岩果掏下来一看，里面躺着四只小画眉。它们齐排排地张开嫩黄的嘴壳，吱吱地叫个不停。岩果弄不明白小画眉为哪样叫，就问尼门，可尼门也不知道。尼门说："阿爹年长，见的事多，我们问问他去。"说着兄弟俩顾不上找水喝，捧起四只画眉鸟回到阿爹身旁，向老人询问鸟儿吱吱啼叫的原因。

老人接过小鸟，细细打量它们的小绒毛，嫩黄的嘴壳，然后语重心长地对兄弟俩说："这些小画眉鸟，是在等待画眉娘喂食哪！你们看，那些飞上飞下，东奔西忙的雀鸟，都是为了它们的儿呵！祖辈们都说'画眉养大一窝儿，羽毛要落九十九'。"老人说到这儿顿了顿，用粗糙的手抚摸着岩果、尼门，又说："你俩小的时候，我也像雀鸟一样，一口饭、一口水地把你俩养大。今天你俩有心有肠地把我这个快入土的人抬着去赶街，我这一世的心血总算是没有白费啊！"

兄弟俩听了阿爹的话，羞愧地低下了头，心里像压着一块大石头。岩果忽然抬起头来对尼门说："走！把阿爹抬回去。"

"怎么？岩果、尼门，你们不去赶街了吗？"老人糊涂了。

"不，不去了。"兄弟俩羞愧地说。

从此，兄弟俩尽心尽力地赡养老人。老人在儿子的精心照料下度过了幸福的晚年。

岩果和尼门敬养老人的事，在阿佤山上一家传一家、一寨传一寨、一辈传一辈。现在，阿佤人猎获山珍，收获果实，都要先敬长辈。每当在山洞里见到雀儿觅食，阿佤人就思念起父母的养育之恩。

故事小火花

人老之后，生活不能自理，有些孩子认为老人是个累赘，不愿赡养。但父母也是这样一点点把孩子养大的，人要有一颗感恩的心，孝敬长辈。

知道中国，多一点

画眉鸟：是雀形目画眉科的鸟类，全身大部棕褐色，栖息于灌丛或竹林中。它机敏而胆怯，不善于远距离飞翔，极善鸣啭，声音十分洪亮，歌声悠扬婉转，非常动听。

日积月累

夫孝，天之经也，地之义也。——《孝经》

三个光棍认母（藏族）

讲述者：李承德 / 采录者：王福平 / 采录时间：1982年 / 采录地点：海北藏族自治州门源县阴天乡

从前，有个小伙叫张二，父亲去世早，他妈妈把他拉扯大，盼望给儿子娶个好媳妇，过好日子。

妈妈省吃俭用，总算攒了点钱给儿子娶了媳妇。妈妈说："这下好了，做妈的也就放心了。"可事情往往不那样顺心，这儿子娶了媳妇变了心，更忘了养育之情。他是个怕老婆的男人，媳妇又是个好吃懒做的贱货。善良的妈妈辛苦了一辈子，到老享福不成，生活更加可怜。一不顺儿子和媳妇的心，就受他俩的咒骂，还要赶出门外不让吃饭。

一天，儿子忽然孝顺地说："妈妈，多年来你没去阿舅家，今日天气好，我送你到阿舅家转转去。"妈妈听了高兴地说："儿啊，你想起你阿舅来了，那就太好了。"儿子背上阿妈却不往阿舅家走，妈妈说："儿呀，阿舅家半天就到了，今儿怎么走黑了还不到？"儿子说："我俩走的是弯路，快到了。"他把阿妈背到深山老林里放下说："你在这里等一会儿，我去拾点柴就回来。"就这样，他把阿妈撇下就跑了。妈妈等呀等，等到星星满天还不见儿子回来。妈妈冻饿了一夜，快要冻死了。

庄子上有这样三个光棍，他们三个既没有父母、兄弟、姐妹，又没有妻子儿女，三个人合伙住在一起，靠打柴过日子。这三个光棍都很勤劳、善良。

这天，正在打柴时，忽然听见有人喊："救命！"三人放下手中的活儿到处寻找。他们看见在附近的山里坐着一位有气无力的老奶奶，就把她救下了。其中，年岁大一点的光棍汉说："我没妈妈，我要背回去做我的妈妈。"这时，年岁小的也争着要她做自己的妈妈。三个人都想收养，争执不休。

老奶奶说："你们三个不要争了，我年岁已高，我的亲生儿子和儿媳妇嫌我老了，怕拖累他们，就把我骗到这山沟里来喂狼，我求你们快把我埋了，让我少受点罪就是天大的福。请三位哥哥行个好，让我早点儿死去。"

三个光棍同时说："我们三个都是光棍，都没有父母，你给我们三个做妈妈吧。"老奶奶答应之后，三个人柴也没打，就背着妈妈回家了。

到了家里，他们赶快给妈妈熬了一碗辣汤喝，再做饭让妈妈吃。妈妈吃了饭精神慢慢好了起来。三个人又给妈妈洗头，换衣裳。一家人又说又笑，开始了新的生活。从此，三人白天打柴，晚上分头做家务，吃罢饭就跟妈妈聊天，从不让妈妈干活儿，三个人都很孝顺。

有一天，三个人早早起来去打柴，他们正在打柴时，大光棍拔下了一墩连根的烧柴，一看柴根上长满了金子。他们三人脱下帽子拾了金子，背着烧柴回家了。他们三个对妈妈说："我们三个今日打柴时挖出了许多金子。"妈妈高兴地说："三人一条心，黄土会变金。"三个光棍说："多亏了妈妈的洪福。"妈妈又说："上粮纳草不怕官，孝顺父母不怕天。"从此，他们盖了新房子，耕地种田，还娶上了好媳妇，儿子媳妇更加孝顺妈妈。可妈妈还是挂念着亲生儿子和媳妇，说："那两个没良心的，会不会还在世上？"

一天，三个儿子和儿媳妇带着妈妈去找她的亲儿子。找到后，大门已经生了锈，翻墙进去一看，夫妇二人早已饿死，尸体早已腐烂了。善良的妈妈大哭了一场后，埋葬了他们就回家了。

从此，儿子们更加勤劳，儿媳妇们更加孝顺，他们的日子越过越红火。

故事小火花

亲生儿子不孝顺，把母亲扔到深山老林里。三个勤劳善良的光棍看到后救下她，把她当作自己的亲生母亲一样侍奉。三人一条心侍奉老母亲，黄土都变成了金子。而亲生儿子儿媳早已经饿死了。

知道中国，多一点

光棍：指单身汉。近几年流行起一个节日——光棍节。11月11日，光棍节，源于这一天日期里有四个阿拉伯数字"1"形似四根光滑的棍子，而光棍在中文有单身的意思，所以光棍节是单身一族的一个另类节日，以庆祝自己仍是单身一族。

日积月累

老吾老，以及人之老；幼吾幼，以及人之幼。天下可运于掌。——孟子

孙思邈的药引

讲述者：曾正祥 / 采录者：张桂生、丁慰南 / 采录时间：1985年 / 采录地点：樟树市文化馆

　　樟树朱子巷有一个名叫朱文元的人，三岁死了父亲，靠寡母邹氏为人洗洗浆浆把他养大，供他读书。后来，朱文元考上了秀才，在县衙谋了一个差事。母子俩相依为命，日子过得还算安逸。

　　谁知好景不长。有一次，为一件小事，朱秀才顶撞了母亲几句，邹氏见自己含辛茹苦带大的独生子，这般对待自己，以后讨了老婆，岂不要把老娘赶出家门？她越想越难过，越想越感到今生无望，整天怏怏不乐，不思饮食，终于积忧成疾，一病不起。

　　朱秀才后悔不该顶撞母亲，心里十分愧疚。他四方求医，亲自煎药，殷勤伺候，日夜守护在病榻前。可是，两个月过去了，郎中换了一个又一个，邹氏的病不但不见好转，反而日益加重，朱秀才心焦如焚。后来，听说当朝太医孙思邈已在此地定居，便急忙上门求医。

　　谁知孙思邈听完朱秀才讲述母亲的病情，先是微笑不语，然后，从房中找出半块巴掌大小的破砚池，交给朱秀才，吩咐说："你拿回家，亲自洗九九八十一次，不能有半点墨迹、垢污，把它放在大药罐中，加半碗水，用文火煮七天七夜做药引。煮砚时，要陆续加水，每次不可过多。另外，也不能离开药罐。七天不够，再煮三天三夜，一直煮软为止。然后，再来抓药，令堂大人的病自然痊愈。"朱秀才手拿破砚，心中有些疑惑。孙思邈嘱他赶快回家，不要多问。

　　尽管朱秀才不太相信破砚能治好母亲的病，但是想到孙思邈是官廷太医，常常给皇帝、大臣治病，医术一定高明。只得遵嘱照办。这半块破砚，孙思邈用过十几年，破损后又在墙角搁了半年，一时三刻怎么洗得干净？朱秀才用了九九八十一盆水，先用刷子刷，再用指甲刮，从上午一直洗到掌灯时刻，才洗干净。他没有歇息一会儿，又生起木炭火，煮起破砚来。煮了三天三夜，破砚池半点没有煮软。朱秀才眼睛熬红了，人累瘦了，为了治好母亲的病，他不敢偷懒，夜以继日煮砚池。困了，咬一口辣椒，驱除瞌睡；累了，就在炉前小竹椅上靠一会儿。

　　开始，邹氏见儿子为她煮砚池作药引，不为所动。后来，见儿子煮了七天七夜，不肯歇息一会儿，心里很受感动。她终于明白了，儿子是一个孝子，那日顶撞自己，是她这个做母亲的不讲理。俗话说：牙齿有时也会咬痛舌头。母子之间，哪有不生气的时候？自己的骨肉自己痛，邹氏主动下床，代替儿子煮砚，叫他宽衣歇息。

朱秀才没有上床睡觉，急急忙忙赶到孙思邈府上，问孙思邈砚池为何煮不软？孙思邈问清了煮砚的经过，哈哈大笑，说："令堂的病已经好了。砚池是煮不软，但你煮砚时的一片孝心她已经看到了，明白了你是孝子。砚池没煮软，你却把她的心煮软了。心病还需心药治。前嫌已释，病自除矣！"

朱秀才半信半疑回到家，果然不假，母亲已经在为儿子准备好吃的东西哩！

故事小火花

药引其实并不重要，关键是让母亲看到儿子的一片孝心。心病还需心药医，砚池没煮软，却把母亲的心煮软了，她的病自然就好了。

知道中国，多一点

樟树：地处江西腹地，赣江中游，今临江镇。历史上为江西四大名镇之一。樟树，素有"药都"之称。中医药源远流长，享有"药不到樟树不齐，药不过樟树不灵"的盛誉。传说，上古时代，尝百草，创医药，教民耕种的神农氏，就来到樟树，教这里的人们采药、治病。

日积月累

心病还需心药医，解铃还需系铃人。——谚语

丁兰刻母

讲述者：杨茂林 / 采录者：张 过 / 何 冰 / 采录时间：1985 年 / 采录地点：兴平县城东南巷

东汉时，兴平县有一户穷苦人家，只有老母亲和儿子丁兰俩人。母亲处处护着孩子，孩子顶嘴，她也不吭声。孩子长大了，嘴里常常不干不净地骂她，甚或动手动脚地打她。

一天，丁兰吆着牲口去犁地。走到村口，见两只羊羔蹦蹦跳跳地跑到老羊跟前，双腿跪下，仰着头，大口大口地吸吮着老羊的乳汁，老羊低头舔着小羊。这情景触动了丁兰的心，他边犁地边想。犁地中间，他又看见两只乌鸦在犁过的田里找虫子。乌鸦把虫叼到哪里去了？休息时他躺在一棵大槐树下，见树上有个乌鸦巢。乌鸦衔着虫子飞回去，老乌鸦高兴地哇哇叫，乌鸦把虫子送进老乌鸦嘴里，又飞走了。丁兰想，羊羔都知道跪下吃奶，乌鸦都知道给老乌鸦找虫吃，我却虐待母亲，简直连禽兽都不如。他不知不觉地流下了眼泪，自言自语说："从今往后我要当孝子，要孝顺娘！"

晌午端了，母亲送饭来了。往常，母亲把饭送到跟前，他也不大理睬。今天，丁兰远远望见母亲来，就赶紧跑上前去接她。谁知心一急，忘了撂下手中的吆牛鞭子。母亲误以为丁兰又打她来了，瞅着丁兰手中的鞭子，流下了眼泪，竟一头碰死在路边的大柳树上。

丁兰埋葬了母亲，但心里却总觉得是回事，难道我就真的无法赎我不孝之罪了吗？他想来想去，想出了一个办法：伐了母亲碰死的那棵柳树，给母亲刻了一个木像，供奉在家里。他早晚烧香磕头，吃饭前先给母亲献饭，出门时给母亲说明去向，回来后向母亲问安。热天背母亲到院里乘凉，冬天给母亲及时加衣。母亲生前没吃过白馍，他想法买来白馍敬献在母亲的像前。丁兰的孝名传遍了乡里，连天上的神仙都知道了。

收麦的时候，一天，天气晴朗，红日高照。丁兰把麦子晒到场里，又把母亲的木像背到场边树荫下，帮他看麦，自己下地干活去了。玉皇大帝要看看这个孝子是真的还是假的，突然让狂风大雨来临。丁兰赶紧撂下活往回跑。他不顾场里的麦子，急忙将母亲的木像挪到屋里。等他再返身到场里收麦时，天又突然放晴，又是一个艳阳天，好像刚才啥事也没有发生。村子里的人纷纷议论说："丁兰刻母补孝心，感动了天地神灵，要不咋会出这样的奇事。"

后来丁兰成了家，要求妻子也照样孝敬母亲。妻子嘴上答应，心里却不以为然。一天丁兰不在家，她走到母亲像前说："一截烂木头，叫人整天磕头献饭，我看你有血没血？"说着用锥子在木像上刺了几下，结果竟流出血来。丁兰一回家，见母亲像双目流泪，脸上滴血，就质问妻子。妻子不敢撒谎，如实说了。丁兰气愤地说："以后如果不孝敬母亲，再敢胡闹，就给我滚出去！"

后来，丁兰刻母的故事一直流传了下来，这个小村子也被人叫成了"子孝村"。

故事小火花

《丁兰刻母》是二十四孝故事之一，是唯一的一个由不孝转为大孝的典故。丁兰早年不孝，醒悟后只能供奉母亲的木像。父母活着时要好好孝敬，不要等到"树欲静而风不止，子欲养而亲不待"时后悔。

知道中国，多一点

二十四孝：古语有云："百善孝为先"。作为中华民族的传统美德之一，孝文化，值得我们学习、继承和发扬。《二十四孝》是古代二十四个孝敬父母的故事。其中虽不乏过时的、落后的、愚孝的东西，但作为孝亲的精神还是可借鉴的。

日积月累

鸦有反哺之义，羊有跪乳之恩。——《增广贤文》

佛爷和母亲（蒙古族）

讲述者：武德胜 / 采录翻译者：乌忠恕 / 采录时间：1985 年 / 采录地点：武德胜家

矛里铁恩[①]离开母亲，出家修行，被煞介土巴佛祖收为三弟子。修炼五百年成为佛爷以后，他儿女情未断，仍然眷念着五百年前慈母情义。他寝食不安，走路想念母亲，诵经打坐想念母亲，睡梦里想念母亲，吃一口东西也想念母亲。

他的孝心深深感动了煞介土巴佛祖。一天，佛祖对矛里铁恩佛爷说："明天，你去人世上找你母亲，找到后把她接到佛国来吧。"

矛里铁恩佛爷叩谢了佛祖，摇身一变，变成一个云游喇嘛，背着钱褡子就上路了。他按照记忆回故乡。谁知五百年前的故乡早已沧海桑田，辨不出模样。找人一打听，谁也不知母亲在哪里。矛里铁恩佛爷伤心极了，心想，母亲究竟到哪里去了呢？茫茫人海，上哪去找她老人家呢？矛里铁恩佛爷急得哭了。

不管月亮升起，太阳落下。矛里铁恩佛爷走啊，走啊，他的嗓子喊哑了，眼睛哭肿了，身子折磨瘦了，袍子穿烂了，靴子磨漏了。天下九州他每个旮旯都找遍了，可还是没见到母亲的踪影。

他哭着回到煞介土巴佛祖身旁，向佛祖诉说了心中的忧伤。佛祖告诉他说："人间没有，你不会下地狱去找吗？"

矛里铁恩听了佛祖的话，决心到地狱去寻找母亲。地狱比人间还要宽阔，东西十万里长，南北十万里宽，上上下下的地狱有十八层之

---

① 矛里铁恩：蒙古语，矛里为木连之意，铁恩为僧人即木连佛爷。

多。每层地狱外还围绕着同样的十八层地狱，你说地狱该有多大？地狱里等级森严，到处漆黑一团，阴森可怖，里面的男鬼、女鬼、老鬼、少鬼、冤鬼、恶鬼有千千万万，母亲到底在地狱里哪个角落呢？找母亲该有多难啊！

　　矛里铁恩没有灰心，他毫不犹豫地来到地狱门口，一看，地狱三万六千丈高、一千丈厚的两扇铁门闩得登登紧，连个缝儿也没有。不管他怎么喊叫也没人答应，他只好又返身回去找煞介土巴佛祖。佛祖给他一把锐利无比、法力无边的达乐杜九连环宝器。矛里铁恩叩谢了佛祖，接过宝器，又来到地狱门前。他两手举起达乐杜九连环宝器朝地狱大门猛然一击，只见火光一闪，"轰隆隆"惊天动地一声巨响，地狱大门被击碎了。顿时，关在地狱里千年万载已憋出犄角来的无数天罡、地煞、凶神恶鬼乘机"嗖嗖""唰唰"地从矛里铁恩身边掠过去，转眼不知去向。矛里铁恩没闲心管这些，他手举达乐杜九连环宝器，宝器闪闪发光，像盏明灯，照亮黑暗世界。他找遍了上上下下十八层地狱，老天不负孝心人，他终于在十八层地狱的最底层找到了日夜思念的母亲。只见母亲赤身裸体，披枷戴锁，全身泡在半开的水里忍受着煎熬。母亲由于长期被半开的水浸泡着，浑身肉皮子烫得泛白，一块一块都烂了。别看泡在半开的水里，可母亲却不敢说一声烫得慌，一说烫得慌，马上就被推到冰洞里去凉快。

　　这冰洞是什么地方？没进去过的人不知道，里面是冰天雪地，一阵雹子一阵雪，像刀子一样割人皮肤的白毛旋风呜呜号叫。身上一丝不挂到那里能受得了吗？因此，矛里铁恩的母亲宁肯肉皮泡烂了也咬牙挺着，不吱一声。矛里铁恩一见母亲被折磨成这个样子，鼻子一酸，眼泪刷地流下来，他大喊一声："母亲！"便扑上前去，跪在母亲面前，抱着母亲的双腿泣不成声。母亲用带铁镣的双手捧着矛里铁恩的脑袋，呆呆的眼睛凝视着矛里铁恩。突然，她浑身一抖，眼睛一亮，认出了自己的儿子，眼泪像泉水一样落在儿子脸上。她惊恐地四下扫了一眼说："我的孩子，你咋上这来啦？这里不是人待的地方，让妈亲亲你，趁他们还没看见,你快跑吧!"矛里铁恩泪流满面地对母亲说:"母亲,儿子前来救您老人家,从此咱们母子再也不分离啦!"母子俩正尽情诉说无尽的思念,突然,额日勒汉群鬼卒跑了进来。鬼卒指着矛里铁恩说:"就是这个家伙打碎了地狱大门,放跑了恶鬼。"额日勒汉上前一看,认出矛里铁恩佛爷,见他手执达乐杜九连环宝器,脸上怒气冲冲,知道来者不善,便笑脸说:"不知佛爷到此,有失迎接。"矛里铁恩说:"你这么折磨我母亲,该当何罪?"额日勒汉说:"佛爷!这话不对,你母亲五百年前生了你,那一辈子是你母亲,可是她死后已过五百年,不知过了多少辈子,已不是你母亲啦!"矛里铁恩说:"放屁!不论千年万载,母亲到任何时候也是母亲!快放开她,否则我决不饶你!"说着举起手中金光闪闪的达乐杜九连环宝器。

额日勒汉深知宝器的厉害，吓得浑身筛糠，不敢得罪矛里铁恩，只好把一肚子火泄在鬼卒身上。他顺手打了鬼卒一脖拐，嘴里骂："没眼高低的东西，还不快放开佛爷的母亲！"

鬼卒捂着脸，吭吭哧哧掏出一嘟噜钥匙，打开母亲身上的枷锁。矛里铁恩上前背起母亲就走。母亲大概让鬼卒的酷刑吓怕了，临走时还哀求守热水汤的鬼卒说："行行好，这个地方求你还给我留着，千万别让别人进来，我回来还在这。"

矛里铁恩背着母亲出了地狱大门，正走着，忽然发现母亲不见了，他急忙四下寻找。原来地狱里的鬼卒偷着跟在母亲身边，逼着母亲变成一头牛。当矛里铁恩寻找母亲从这里经过时，这头牛对着他"哞儿哞儿"直叫唤，眼里还不住地流着泪。矛里铁恩认出是母亲，叹了口气，找个笼头把牛拴在一棵树上，然后回到师父煞介土巴佛祖身旁，向佛祖诉说了母亲的不幸遭遇。佛祖很同情他们母子，掐诀念起咒来，念了一会儿对矛里铁恩说："这回你回去吧，你母亲又恢复了人形啦！"

矛里铁恩叩谢了师父，来到那棵树下一看，只见母亲正坐在树下乘凉。矛里铁恩背上母亲又上路了。走着走着没留神，一眼没照到，母亲又不见了。他急忙腾云驾雾，四下寻找。找了半天，到底找到了，原来母亲跑到二百里外一户人家变成了一条狗。这条狗像狮子一样凶猛，见谁咬谁。谁从这家门口路过非咬出血来才撒口。说也奇怪，这只狗一见了矛里铁恩，却突然变得非常温顺。它一见矛里铁恩过来了，便摇头摆尾迎上去，亲昵地围着矛里铁恩撒欢蹦跳，不住地用舌头舔矛里铁恩的手，并用两只前爪抱着矛里铁恩的腿，不让他走。矛里铁恩流着泪说："母亲，他们又逼着你变成狗了？不怕，这回再逼你，我打碎他们的脑袋！"

矛里铁恩背起这条狗上路了。走着走着，路过一片西瓜地，这条狗看见西瓜秧绊住了儿子的脚，便上前一口咬断了这棵西瓜秧。矛里铁恩一看，这棵西瓜秧上结着三四个青愣愣的西瓜，还没熟。心想：瓜秧好比母亲，这小西瓜蛋子就好比孩子，还没成人。如今瓜秧断了，就好比孩子失去母亲一样，没娘的孩子该有多可怜啊？于是蹲下身子，把西瓜秧扯一块儿对接好，然后咬破中指，让血流出来滴在瓜秧上，瓜秧眼瞅着就接上了。今天我们看到西瓜秧上有一块红印，据说那就是矛里铁恩滴血接瓜秧的痕迹。

矛里铁恩历尽艰难困苦，终于把母亲接到佛国圣地。佛祖度化矛里铁恩的母亲也成了佛爷。这就是圣母的来历。

故事小火花

矛里铁恩修炼成佛爷后，仍眷念着五百年前的慈母情义。他寻遍人间也没有找到母亲，历经千难万险来到地狱，把受苦受难的母亲救出来，也度化成了佛爷。

知道中国，多一点

十八层地狱：古代流传的三界说法，仙界，人界，魔界。魔界也称为地狱，生前作恶的人，死后会入地狱。中国民间传说阎罗王为地狱之首，属下的十八位判官分别主管十八层地狱。越是罪孽深重的人，越要在地狱的底层受折磨。因此人们常说的打入十八层地狱，是对人最大的咒怨，盼其不得好死。

日积月累

孝子之养也，乐其心，不违其志。——《礼记》

劈山救母

讲述者：闵智亭 / 采录者：于 力 / 采录时间：1962 年 / 采录地点：华山

华山的西峰顶上，有一块裂成三段的巨石，叫"斧劈石"。旁边还竖着一把七尺多高的月牙铁斧。传说这是沉香劈山救母的地方。

沉香的母亲三圣母，是玉皇大帝的三女儿。有一年，在王母娘娘的蟠桃盛会上，三圣母和金童相对着笑了一笑。这一笑让众位神仙看在眼里，玉皇大帝立即把三圣母贬到华岳庙的雪映宫去，把金童也打下了凡间。

金童下凡以后，投胎到一个姓刘的家里，取名刘玺。有一年，刘玺上京赶考，路过华岳庙，听说三圣母很是灵验，就来到雪映宫求签问卦。恰巧这天三圣母上东海龙宫赴宴去了，刘玺一连抽了三签都是空签，不由得心里恼恨，就提笔在粉墙上留下了一首诗：刘玺提笔怒满腔，怒怨圣母三娘娘。连抽三签无灵验，枉受香烟在北方。写罢扬长而去。

三圣母回宫以后，看见墙上的题诗，又羞又气，心想：哪个大胆的狂生，竟这般无礼，于是降下狂风暴雨，霹雷闪电，赶来击打刘玺。刘玺这时正走在荒郊野外，倾盆大雨下来，打得他前栽后仰，浑身泥泞，跌倒在地上。三圣母在电光下看见刘玺生得相貌不凡，生了爱慕之心，遂收了风雷雨电，请月老为媒，在荒郊化了一座"代仙庄"，与刘玺配成了夫妻。他们恩恩爱爱，过了百天，刘玺上京去赶考，三圣母身怀有孕了。

这件事被住在半山腰"水帘洞"里的孙猴子知道了。有一天，二郎杨戬在山上吃桃子。二郎吃完一个桃，顺手便把桃核撂在山下。孙猴子就蹲在"水帘洞"口上，二郎撂下一个桃核，他就捡起来嘞一嘞，一共拣了七十二个桃核儿。这时杨戬已经吃到最后两个桃子，忽然发觉孙猴子拣他的桃核儿吃，就不往下撂了。据说杨戬有七十四变，孙猴子只有七十二变，就因为孙猴子少吃了两个桃核儿。孙猴子等了半天，不见二郎往下撂桃核，心里扫兴，就讥笑二郎说："你妹子都嫁了凡人了，你还在这里吃桃子哩！"

二郎听了大怒，说："你胡说！"

孙猴子笑道："你快当舅舅了！哈哈哈……"

二郎一听，气可大了，当下就把三圣母压到华山西峰顶的山石下了。

刘玺上京赶考高中，做了洛州知府。三圣母在石峰下生了一子，取名沉香。她撕下衣襟，咬破手指，写了一封血书，把沉香包好，让丫头灵芝送到洛州。沉香长大后到学堂读书。一天，秦国舅的儿子秦官保讥笑沉香是没娘的孩子，沉香一气之下，失手打死秦官保，闯下了大祸。沉香回家向父亲追问他娘，刘玺这才将真情告诉沉香，让沉香逃出洛州，去华山寻找亲生母亲。

沉香逃到华山脚下，遇见锄草浇花的霹雳大仙。霹雳大仙留沉香住在山下的石洞里，收他为徒弟，每天教沉香练习武艺，一心助他早日救出三圣母。

一天，霹雳大仙上山采药。沉香练完武艺，信步走进石洞深处，看见石板上放有许多面牛面虎，他正觉腹中饥饿，就吃了面牛面虎。沉香继续往里走，又看见许多仙桃仙果，又拿起来吃了不少。一刹那间，他忽然觉得全身发热，力大无比。这时候师傅回来了，对沉香说："现在你可以救母亲去了！"师傅又赠给他一把月牙斧。沉香接过月牙斧，只见上面刻着："斧是开山斧，连把七尺五，赠予小沉香，劈山去救母！"沉香辞别师傅，握着月牙斧奔上了华山。

沉香上了山到处寻找，找不着母亲在哪里，心里着急，只好放开嗓子大声呼叫："母亲……"

"儿啊……"好像听见后山有叫儿的声音。沉香连忙跑到后山,再喊一声:"母亲——"

"儿啊——"又听见唤儿的声音在前山答应呢!

沉香转到最高的落雁峰(南峰)顶上再叫"母亲——"

"儿啊——"只听见满山都是娘的声音。

沉香着急地从东山跑到西山,从前山跑到后山。东山叫,西山应;前山叫,后山应,满山都是娘的声。到哪里去寻母亲呢?沉香无奈,忍不住大哭起来,直哭得天昏地暗,遍山的松树花草都发出"呜呜"的悲声。这哭声感动了山神,山神告诉沉香说:"你母亲在西峰顶上压着呢!不过要救你母亲,必须去找你舅二郎杨戬,要来开山的钥匙才行。那二郎的武艺高强,又有鹰犬相随,不好对付。我给你三颗药丸,那圆的能治二郎的刀,椭圆的能治二郎的犬,长的专治二郎的鹰。你

拿上去找二郎杨戬，见机行事！"

沉香擦擦眼泪，收好药丸，谢过山神，去寻杨戬。

沉香寻到南天门，找着杨戬，拜见舅舅，杨戬不理；沉香要开山钥匙，杨戬不给；二人没说几句就打起来了，打了几十回合，不分胜败。后来沉香有些招架不住，眼看二郎那三尖两刃刀迎面砍来，沉香连忙把那圆药丸朝刀上一甩，只见那刀一下就软了，像面条一样提不起来啦！二郎一回身放出了哮天犬，沉香赶紧把那椭圆形的药丸扔过去，哮天犬张嘴一接，它的嘴就给粘住了。二郎一看，连忙放出他的鹰。这神鹰翅膀一张，遮天盖地，尖勾利齿向沉香头顶扑来。沉香站稳脚步，把最后那个长形药丸向神鹰扔去。这一扔把神鹰的利齿给卡住了，两扇翅膀也悬在半空里，飞不起来了。杨戬只好认输，把开山钥匙给了沉香。

沉香拿到钥匙，急忙打开西峰的山门，一口气奔上山顶，高声喊道："母亲——"

"儿啊，娘在这里！"果然听见三圣母在山石下面答应。沉香抡起月牙斧，使尽全身力气，朝峰顶猛劈下去。只听轰隆隆一声巨响，电闪雷鸣，山摇地动，峰顶裂开一道两尺宽的缝子，三圣母从裂缝中走了出来，和沉香一同返回天宫去了。

后来，刘玺也来到华山，寻找三圣母和沉香，可是没有找到，他就在华山毛女洞对面山上的一个石洞里隐居起来。刘玺隐居的地方就叫"刘玺台"。沉香大哭的那个山峰，后来就叫"孝子峰"了。

故事小火花

沉香一片孝心，不畏艰难，战胜二郎神，劈开华山，救出母亲。沉香救母的曲折和坚韧，体现了我国古人丰富的想象力和纯洁美好的心灵。

知道中国，多一点

二郎神：二郎神杨戬是玉皇大帝的亲外甥，号称为"天界第一战神"。哮天犬是二郎神身边的神兽，辅助他斩妖除魔。关于他们的神话传说很多，曾经力抗天神劈山救母，也曾出手阻挠其外甥沉香救母。

日积月累

慈孝之心，人皆有之。——苏辙

第②篇 敬人者，人恒敬之

国王与瓜农（维吾尔族）

讲述者：阿不都热西提·帕萨尔（维吾尔族）/ 采录者：买买提明·库尔班 / 翻译者：杨新亭 / 采录时间：1986年 / 采录地点：墨玉县芒来乡

从前，有个瓜农，种了大半辈子的瓜，可还是没吃没穿。为了寻求幸福，他离开了自己的家乡。一天，他来到一个陌生的地方，节令虽是初冬了，但那里的天气并不冷，挺暖和的。为了糊口，他便在一块地上种了点甜瓜。在他的精心照料下，瓜竟然奇迹般地成熟了。为了多挣几个钱，他把第一个熟瓜送给国王尝鲜。

国王听说献来的瓜是刚从地里摘下来的，有点不相信，问道："哎呀！天都冷了，还能把瓜种熟吗？"

"是的，国王陛下。"

"谢谢。"国王想了一会儿，又问，"冬天种瓜的办法是你自己想出来的吗？"

"是的，国王陛下。"

"谢谢。"国王笑眯眯地说。不一会儿，又问，"这瓜是献给我的吗？"

"是的，国王陛下。"

"那太谢谢你啦！"说完，就让侍卫把瓜农送出了宫门。

瓜农走出王宫，肚子已饿得咕咕乱叫了。凑巧，路边有个饭馆，只见堂倌正在叫卖"包子抓饭"，他站在那儿想了一会，便走了进去，要了两个包子、一碗面汤，吃饱了，他心满意足地把堂倌叫来，学着国王的样子，问道："师傅，这包子是用蒸笼蒸的吗？"

"是的。"师傅不解地答道。

"谢谢。"瓜农说完，鞠了个躬，又问："这包子是你蒸的吗？"

"是的。"师傅惊讶地答道。

"谢谢。"瓜农又一次弯腰施礼。过了一会儿，又说："这包子太香了，我吃得舒服极了。谢谢。"说完，又一次弯腰施礼，然后，抬腿朝门外走去。

听得早已不耐烦的师傅，上去一把抓住瓜农的衣领："包子是卖钱的。这里没有说几声'谢谢'就白给包子的。你是什么人？为什么吃包子不付钱！快，把钱拿来！"

瓜农也不示弱，你一句，我一句地吵了起来。怒不可遏的师傅把瓜农拖到国王面前，告了瓜农一状。国王听后，也很生气，气冲冲地质问瓜农："你吃包子为什么不付钱？'谢谢'能顶钱用吗？"

瓜农不慌不忙地说："国王陛下，刚才我给您送来了尝新的瓜，您赏了我三声'谢谢'。我用三声'谢谢'吃了他的两个包子，怎么能说白吃包子没给钱呢?"

国王听了瓜农的话,羞得无地自容,只好代瓜农付了包子钱,又赏了他一笔钱。

故事小火花

国王收下瓜农的瓜,只说了三声"谢谢"便让侍卫将他送出宫门。瓜农以其人之道,还治其人之身。他吃完包子也说了三声"谢谢",国王听后羞愧得无地自容。

知道中国,多一点

阿凡提:看到瓜农的故事,立刻让人想起了那个头戴一顶民族花帽,背朝前脸朝后地骑着一头小毛驴的阿凡提。阿凡提勤劳、勇敢、幽默、乐观,富于智慧和正义感,敢于蔑视反动统治阶级和一切腐朽势力。在他身上,体现了劳动人民的品质和爱憎分明的感情。

日积月累

以其人之道,还治其人之身。——《中庸集注》

客人至尊（乌孜别克族）

翻译者：江 帆

穆明·依本·扎伊德总督在一次战争中俘获了三百名士兵，他下令把三百战俘全部处死。行刑的这一天，有一名年轻战俘走出队向总督请求说："总督大人，我快要渴死了，请求您赐我一碗水喝吧，我总不能在干渴中去死呀。"

总督下令给他一碗水。

年轻战俘端着水碗并不急于去喝，他又说："您瞧，所有的战俘都

在看着我，他们跟我一样渴望喝水，我实在不忍心当着众多焦渴者一个人喝下这碗水。我如果把这碗水分给他们每人一口显然是不够的。我想他们跟我一样横竖都是一死，我恳求总督大人赐给所有的战俘一碗水喝。"

总督下令给所有的战俘一碗水。战俘们争先恐后地喝了水，感到十分满足。这时，年轻战俘又说："尊敬的总督大人，我们喝了您的水就是您的客人了。杀死自己的客人并不是高尚的行为。"

穆明·依本·扎伊德总督终于为年轻战俘的话所感动，下令赦免所有的战俘。

故事小火花

年轻的战俘机智勇敢，临刑前向总督要一碗水喝，让战俘成为总督的客人。总督心地善良，被年轻战俘的话感动，下令赦免了所有的战俘。

知道中国，多一点

乌孜别克族：乌孜别克族是我国人口较少、居住分散的一个民族，现分散居住在新疆维吾尔自治区的南部和北部。这是一个古老的民族，其祖先是伊朗人与突厥人，乌孜别克的意思是"自己的领袖"。乌孜别克人能歌善舞，主要吃肉食和奶制品，蔬菜吃得较少，一日三餐都离不开馕和奶茶。

日积月累

人而好善，福虽未至，祸其远矣。——曾子

马四赔礼（回族）

讲述者：海万林、李振民 / 采录者：李海鸣 / 采录时间：1982年 / 采录地点：桂林市区

回族武士纥蚤马四，有个哥哥叫马二，家住水东门外马坪街，靠挑一副剃头担为生。

这天中午，马四正在屋头吃饭。马二闯进来气呼呼地说："四弟，居然有人欺侮你哥子！今天，我把担子歇在王明的剃头铺旁边，他嫌我抢他生意，要我挑远点。担子是我的，哪里不能歇？又有哪块地是他的？几句话不和，跟他吵了起来。四弟，你不晓得，他不但说不怕你，居然骂我们回族人下贱！还骂出好多难听的话！他还扬言，有机会要与你'见识见识'呢！"纥蚤马四听二哥这么一番话，气鼓鼓来到马坪街，找到"王记"剃头铺。那王明正帮一个顾客梳辫子。

马四在门口兜了一转，见门两旁贴一副红底黑字的对联：上联写"虽属毫末技艺"，下联写"却是顶上功夫"说的是剃头行业的本事。"顶上功夫？"马四摸摸头，心中有了主意。

等那顾客理好发前脚刚出门，马四便跨进铺里，叫一声："剃头！"那王明见马四脸色难看，赶忙堆下一脸笑，端凳倒茶热情接待，说："马四兄弟，好久不见，请稍坐一下。"指着旁边那位顾客说，"待我剃完这个客人就给你剃。"马四发脾气："我哪有时间等！"那顾客也明事，赶忙让座说："小兄弟，你事情忙，就请先剃，我没事，再等不要紧！"王明赶忙笑着点头："好好好，马四兄弟请坐！"

马四也不客气，走到凳前，一屁股坐下去，啪啦一声，凳脚断了！王明吃了一惊，苦笑着说："小兄弟，你功夫好，我这些板凳恐怕经不起你坐，你看是不是去别家。"马四把板凳一脚踢开，在地上蹲了个马步，说："没关系！就这样剃吧！"王明晓得他来意不善，不敢多话，便拿起剃刀帮他剃起头来。

刚刚剃了一刀，圪蚤马四暗暗发起内功，把气直运到头顶上，前额的头发忽然竖了起来，变得硬邦邦的，像钢丝一样坚韧！那王明的剃刀猛一碰上去，嘣地一下，便缺了角！摇摇头，换一把，又是咔嚓一声，连锋刃也崩下一大块！惊得他目瞪口呆！

王明心中暗想：这圪蚤马四吃了火药，今天是存心跟我过不去了！无奈何，只好赔着笑脸跟他商量："马四兄弟，我的手艺怕是不到家，剃不了你这个头了，请你另找高明，好不好？"马四一听，顿时变了脸，喝道："剃头，哪有剃到一半就罢手的？叫人如何上街？"又把手往门前一指："你既然功夫不到家，那还称什么'顶上功夫'？"说得王明哑口无言。马四又摸摸头顶，气呼呼站起来："简直是混饭吃！连几根头发都剃不动，还开什么剃头铺？"

马四青着脸，走出门外，纵身一跳，叭地一掌，向门上招牌打去，那招牌哗啦啦碎下来，连打带跌碎成几块！马四再伸手把门旁的对联，一把两把，扯得稀烂！骂一声："看你以后还乱嚼牙！"王明在一旁，气得脸都乌了，却不敢上前，那顾客劝解也不顶用。马四拍拍手，转过身走了。

这时，马二远远地趴在街道转弯处，伸头缩脑地观看，见马四把王明的招牌打了，心里不知多高兴！他等着马四走来，便上前一把拖住："好兄弟，走，到哥屋里，哥子准备了酒菜！"

马二在家门前摆开桌子，满桌酒菜宴请四弟。酒过一巡，马二竖起大拇指："四弟，你那两手做得绝，长了我们兄弟威风！这回呀，嘿！不怕他王明不搬家！"说罢仰头大笑。

两兄弟正细谈慢饮的时候，对门街的另一头，走来了一条汉子，原来是王明的弟弟——石匠王亮。他从小练就一身武艺，听说马四青天白日寻衅闹事，打了哥子的招牌！忍不住心头怒火，要为他哥子报仇！

那王亮老远看见马四兄弟在屋门前当街喝酒，便急急抢上去，离开几十步远，在街中站定，杀气腾腾地，掏出亮堂堂三个铁弹！

马二看见王亮来到面前,手握暗器,拉开了架势,顿时吓出一身冷汗,急忙惊叫:"四弟留神!"马四醉醺醺地笑着,一直低头喝酒夹菜。

马二见兄弟毫不理会,急得伸手便拉他衣角。这时王亮早已飞起一弹,直朝马四面门上打来!马四稍稍抬头,伸出筷子,闪电般向空中一夹,竟把那铁弹牢牢夹住了。

王亮一连掷出三个铁弹,马四同样用筷子连夹三夹,稳稳当当夹住,轻轻巧巧地把那三个铁弹放在桌子上,一边照样嘻嘻哈哈喝酒吃菜,如同完全无事一般。马二见了,才知道兄弟武艺高强,有意耍弄王亮,顿时转忧为喜。

王亮没料到马四有这一手,一时傻了眼,涨红着脸转身便走。马二见他退兵了,拍着腿大笑:"慢走啊王亮!何不吃了饭再走?"王亮气得回头大骂一句:"马二,你仗势欺人!"

马四同二哥饮了几杯酒,便慢慢问:"二哥,这王明开铺多年了,好像没听我们回族人说过他不是,这回怎么……"马二几杯下了肚,兴致正浓,醉醺醺笑道:"四弟,实不相瞒,吵是跟他吵了几句,他实在没骂我们。只是哥哥近来身体差了,嫌挑担跑街太辛苦了,看上了他那地点生意好,想借你的力赶他走,把那间铺面转租过来,也开上剃头铺……"马四一听,惊得脸色发白,一蹬脚,站了起来:"二哥,你,你怎么做出这种事来!"他急出了满头大汗,酒也醒了。

马二赶快拉住他,说:"四弟,坐下坐下!快莫生气,就帮哥哥这一次吧!反正架也吵了,招牌也砸了,生米已煮成了熟饭……再说,他兄弟王亮也下毒手,拿暗器打了你,你宽宏大量不计较也就算对得起他们了,难道你还低声下气去赔礼不成?"

马四挣开他二哥的手,说:"哥呀,你好糊涂!师傅一再教我说,做人要正直,有了武艺切莫欺压百姓,明知做错了的,就要敢认错,才算是正直的人!照你这样搞法,岂不坏了兄弟的名誉。二哥,你有困难,我们另外想办法嘛,哪能打这种主意呢?"一番话,说得马二满脸羞愧,哑口无言。

马四立即跑到上街去，买了新招牌和对联，匆匆请人写上，带着几串鞭炮，硬拉上他二哥，直奔王明铺上去赔礼道歉。

那王明铺里正乱糟糟的，歇了业，准备马上搬家。两兄弟远远看见马四来了，心头怦怦跳，生怕他来报那三弹之仇！王明赶快推王亮："兄弟你快躲避！"王亮见马四走近了，哪躲得及？干脆横下一条心，准备拼命。

这时王明却见马四手拿鞭炮，笑嘻嘻走来，后面跟着马二，拿着块木牌。王明兄弟好生奇怪，不由待在那里看个究竟。

马四进了店，双拳一抱，单膝便跪了下去，掏出三个铁弹，用手捧着，口称："马四轻信谎言，青天白日砸了王师傅招牌，心中惭愧，前来谢罪赔礼道歉！"说毕便要磕头，王明王亮一见，赶忙抢步上前，扶起马四。

真相大白，王氏兄弟十分感动，见马四这样谦虚有礼，心中很过意不去。王亮忙与马四赔礼说："气头上，我多冒犯！"三言两语，一切怨气全消了。

马四兄弟点燃鞭炮，挂招牌，贴对联。街坊邻居都说屹蚤马四功夫出众，为人正直善良。从此，屹蚤马四声名远扬，人人称赞，个个佩服。

故事小火花

马四听了马二的一面之词，便将"王记"剃头铺的招牌砸了。待他弄清事情缘由，知错就改，向王氏赔礼道歉。这种帮理不帮亲的精神令人敬服。

知道中国，多一点

鞭炮： 鞭炮起源至今有一千多年的历史。鞭炮说法上各个历史时期不同，称谓从爆竹、爆竿、炮仗和编炮一直到鞭炮。我国传统节日、婚礼庆典、庙会活动等场合几乎都会燃放鞭炮，特别是在春节期间，燃放鞭炮来辞旧迎新。

日积月累

有礼不在迟。——谚语

鲁班帮徒

讲述者：李小林 / 采录者：李伟华 / 采录时间：1987年 / 采录地点：乐昌县九峰镇

传说很久以前，有一位木匠师傅带着徒弟到一个村庄去建房子。房子建好后，主家办酒席款待师傅，却让徒弟在外面看管工具。徒弟很心酸，想到师傅有人请，自己却受冷落，不禁伤心落泪。

正在这时，木匠的祖师爷鲁班化作老人刚好经过这里，看到小徒弟在流泪，便上前问他："你怎么一个人在这里哭泣啊？"小徒弟见来者是一位老人，便把主家请师傅喝酒而冷落自己的事说了一遍。鲁班听后，觉得主家这么做实在是不应该，便对小徒弟说："小徒弟你跟我来。"说完，他带着小徒弟往房子的东墙上弹了一条黑线，并对小徒弟说："一会儿房子会向东倾斜，如果主家请你坐上席，你吃完饭后再用墨斗往西面的墙上弹一条线。"说完就不见了。

主家吃完饭后出来看房子，发现房子向东倾斜，忙问师傅这是为什么，师傅一时也搞不明白。这时，主家看到小徒弟在睡觉，便上前把小徒弟叫醒。小徒弟装着什么也没发生似的问："把我叫醒，是否要我去帮你洗碗呢？你瞧不起我，还叫我干什么？"主家说："小师傅，你能帮我把房子弄正吗？"小徒弟没作声。主家想：这个小徒弟是否嫌我瞧不起他，没请他喝酒？于是，马上回家弄一桌酒席，像款待他师傅一样来款待他。小徒弟吃饱喝足后，嘴一抹，立即拿起墨斗在西墙上一弹，房子不斜了。

从此以后，人们请木工，对师徒都得一样款待。

故事小火花

主家办酒席款待师傅，却让徒弟在外面看管工具。木匠的祖师爷鲁班看不过去，帮他一把，让主家明白小徒弟也有大用处的时候，不要瞧不起小徒弟，要一视同仁。

知道中国，多一点

墨斗：相传是鲁班发明创造的。墨斗由墨仓、线轮、墨线、墨签四部分构成，是中国传统木工行业中极为常见的工具。它可以做长直线；墨仓蓄墨，配合墨签和拐尺用以画短直线或者做记号；画竖直线，当铅锤使用。

日积月累

待人不分厚薄——一视同仁（歇后语）

孔夫子向范丹借粮

讲述者：王万余 / 采录者：王家声 / 采录时间：1986 年 / 采录地点：密云县河南寨金沟村

孔圣人带领众徒弟周游列国，他们来到一个挺穷的小国家，正赶上闹春荒，有银钱却买不到粮食。三天都没揭锅了，直饿得师徒们眼冒金星，四肢无力。

孔圣人着急呀！就传出二徒弟子路，对他说："离此不远有个范家庄，我师兄范丹住在那里，你去向他说明咱们的困难，请他借给一个月的粮食。"

子路家是财主，穿着阔气地走了。好不容易打听到范丹的住处，一看，心里就凉了！咳，连院墙都没有，荒场孤零零两间东倒西歪的破草房。心说，他自个儿饿不死就算命大，还有粮食往外借？无奈奉了师傅之命，无论如何也得讨个回话好交差呀！就下了马到窗子外大声说："喂！里面有人吗？"只听破屋里老声老气地问："谁呀？""我！孔圣人二徒弟子路，师傅叫我来找范丹。""老朽便是，等我给你开门。"

两扇破门吱吱扭扭地开了，颤颤巍巍地走出一个白胡子老头儿，破衣烂衫拄着一根九曲十八弯的拐杖，鸡皮似的老脸上皱纹像蜘蛛网。"有何贵干？"

子路说出奉命借粮的事儿。范丹抬起眼皮看了他一下，不高兴地说："来借粮为什么跳墙进来，不走大门？"

子路回头向地上望去，哈！只见院墙的位置上用小石子儿摆了一个大方圈儿，门口的地方放着一个秫秸儿算是关闭的大门。他才明白过来，脸上一红一白地说："您别见怪，我根本没向下看。""好了，看在你师傅的面子上，不跟你一般见识。我出一个上联，你如能对上下联，就借给你粮食。如果对不上……""请您快出吧。"子路不等他说完就急急忙忙地催促着。"什么多，什么少，什么欢喜什么恼？""星星多，月亮少，娶媳妇欢喜，送葬恼。""哼！"范丹回身进屋关上了门。

子路闹了个没趣儿，挨撅①了，回去禀明师傅借粮和答对的经过。孔圣人面露不悦之色，心中暗暗后悔："怪我用错了人呀！"

他又叫大徒弟颜回去借粮。颜回是穷家子出身，穿着布衣麻鞋去了。

他来到范丹的"大门"外，仔细地四下看了一遍。于是拍着那秫秸棍儿喊："师伯在家吗？请您开门。"连叫三遍，才听屋里慢条斯理儿地说："等着。"颜回躬身垂手立在秫秸棍儿外边静候。

范丹在里边儿挪开了那根儿秫秸棍儿算是开了大门，颜回忙上前

---

① 撅：当面被人难堪。

毕恭毕敬地施了一礼说："师伯身体可好？我叫颜回，我师傅孔仲尼命我前来给您请安。""进来吧。"说完，范丹拄着杖先向屋门颤颤地走去。颜回进门后又将"大门"给关好，紧走两步搀扶着范丹进屋。

那屋里四壁空空，只有土炕上铺摊着一套烂被褥，旁边一个泥做的炭火盆，火上煨着一个破盖没嘴儿的砂锅。除此之外啥也没有，满屋里冒穷气儿。

坐定之后，范丹才问："你师傅可好？"颜回忙站起回答："好，有劳师伯挂念。""好，坐下说话。走这么远路，你准饿了，我款待你一顿好饭——包饺子！""不劳师伯受累，我不饿。"颜回一边说一边心里想："这么大岁数也吹牛。""不饿？呵呵，什么也瞒不过我呀。"范丹说着从枕头下掏出一个小纸包儿，哆哆嗦嗦地打开，捏出一点面粉放砂锅盖上加水和成团儿，又用手拍成了一个饼子皮儿，从墙旮旯里抠出了一酒盅的羊肉馅儿，包了一个饺子，他一口气儿吹红了盆中炭火，砂锅里的水马上翻腾滚开，放入饺子上下起伏三次，熟了。把颜回看得直眉瞪眼，又稀罕又纳闷儿，愣愣呵呵像个傻子，不知师伯变什么戏法儿。

"吃吧，吃吧！"范丹递过筷子，颜回这才转过神儿来，忙说："请师伯先用。"可他心里说："就那么一个饺子，还让别人吃哪！您先自用吧。"范丹让之再三，颜回说什么也不敢下箸，范丹这才说："好，我先来。"说着把饺子夹放自己碗中。颜回看着翻滚的饺子汤失望地刚要放下碗筷，只听"咕噜"一声响，又冒出了一个饺子。"嘿嘿，真神通！"颜回正惊异呢，范丹又催着说："快吃啊，有的是，管你饱。"颜回这才试探着吃起来。说也怪，那砂锅里夹不绝吃不完地总是一个一个地往上冒饺子，颜回都吃得顶嗓子眼儿了，可砂锅里还是有一个饺子！他终于打着饱嗝放下了碗筷。范丹夹出了最后一个饺子，火也弱了，水也凉了，饺子也不冒了。

饭后，范丹问明颜回要借一个月粮的事，又出题叫颜回答对，还是"什么多，什么少，什么欢喜，什么恼？"。

颜回可就不像子路那么答对了。他答的是"小人多，君子少，借时欢喜，要时恼。"答完之后，还谦虚地求范丹指正。

范丹听完后，不住地点头咂嘴。这才从炕席边下摸出了一个小纸包，数给颜回九十粒小米说："这是你们师徒一个月的粮食，足吃管饱！"

颜回嫌米少不便明说，便央求范丹："请师伯告知做饭方法，我们那儿可没有您这样的大砂锅。"

范丹说："要吃多少饭便放多少水，每顿饭只下一粒米，用木棍不断搅锅，直到成饭为止。"

颜回回去后，依法做饭，果然灵验，解救了师徒们饥饿之灾，完成了周游列国的任务。

故事小火花

子路和颜回都去向范丹借粮，一个难堪而回，一个圆满成功。原因在于颜回没有嫌贫爱富，尊敬师长，借粮成功。

知道中国，多一点

范丹：一作范冉，字史云，东汉高士，陈留外黄人（今河南杞县东北），精通五经，尤深于《易》和《尚书》。桓帝时任他为莱芜长，遭母忧不到官。后卖卜梁、沛之间，居徒四壁，清贫旷达，是中国古代廉吏典范。

日积月累

若要人尊重，自己先敬人。——谚语

谢玄投师

讲述者：陈水泉 / 采录者：钱关富 / 采录时间：1987年 / 采录地点：上虞县小越镇

谢玄是谢安的侄儿，从小很聪明，但又很骄傲。谢安见他这样，十分担忧，就把他托给东山寺的若愚禅师，请若愚禅师开导，当个不穿袈裟的徒弟。

拜师之后，师父要谢玄每日早上来寺院受业，下午回叔父那里攻读。半月后，谢玄见师父不讲什么经典，只是每日早上叫他倒夜壶，心中纳闷，回家去问叔父，谢安也只是捋着胡须笑笑，弄得他莫名其妙。

谢玄每日早上去寺外洗荡夜壶，那些牧童看见了，就向他装鬼脸，吐舌头。谢玄再也忍不住了，跑去问师父为什么要这样。师父说："性有诸般恶，佛有诸多法，你投师不久，自然不知道其中的妙处！"谢玄越听越糊涂，但也没有办法，只好忍着。一个月过去了，两个月过去了，时间一长，牧童不讥笑他了，他也习惯了，渐渐跟牧童攀谈，和他们嬉闹，还帮他们牵牛割草，学到了许多农家的知识。

过了半年，师父笑呵呵地对他说："你满师了，可以回家了。"谢玄感到很奇怪，便问："师父，我只不过倒倒夜壶，难道这也算作业，也好满师吗？"

师父说："当然好满师。我授你的是'修身法'，这就是作业。你来的时候，是一身骄气，硬叫你做低贱的事情，就是要化解你这个坏习气。老实说，一个人本事再大，如果他骄傲自大，日后必定难成大事。"谢玄听到这里，完全领悟到师父的一番用心，感动地说："师父，谢谢你。"

后来谢玄牢记若愚禅师的教导，领兵镇守北部边关时，广泛听取将士意见，关心士卒生活，官兵团结一致，兵强马壮。淝水一战，他只有八千人马，却打败了苻坚的百万雄兵，你说厉害不厉害！

故事小火花

禅师没有教授谢玄经典著作，只是让他每日早上倒夜壶，做些低贱的事，慢慢化解他身上骄傲自大的气息。禅师的言传身教，使谢玄的品质人格得以完善。

知道中国，多一点

谢玄：字幼度，陈郡阳夏（今河南太康）人，东晋时期军事家。谢玄有经国才略，善于治军。在淝水之战中，任前锋都督，以八千人马打败苻坚号称"百万"的雄兵，是古代著名以少胜多的战例之一。

日积月累

师傅领进门，修行靠个人。——谚语

燕王问路

讲述者：王树清 / 采录者：张东甲 / 采录时间：1980 年 / 采录地点：王树清的渔船上

　　明永乐初年，燕王朱棣率十万大军沿着渤海岸边从南向北追赶残余的元军。

　　燕王的兵马一口气追到了金钟河口，燕王骑着一匹乌骓马，来到一个靠河边的高土坨子上察看地形。他见金钟河口的河水老宽，浪头老高，河面上一条渡船也不见。燕王心里琢磨：眼下十万大军过不了河，倘若绕道金钟河上游再找船过河，定会失去歼敌的良机。燕王越想心中越闷，下了马，独自一人沿着河边溜达。

　　燕王走着走着，瞧见不远的河边上，有个黑脸、黑胡子、小眼睛的胖老头，肩扛着一张渔网，逍遥自在地哼着小曲往前走。

　　燕王赶忙走了几步，来到黑脸老者前恭恭敬敬施了一礼，轻声说道："在下朱棣，请问老者尊姓大名？"没等燕王说完话，黑脸老者像是没瞧见燕王，继续哼着小曲向前走。

　　燕王心中有些不快，可转念一想，兴许这位老者上了年纪，耳聋眼花，听不见，看不着。想到这里，他又紧走了几步，面对着黑脸老者又深深施了一礼，提高嗓门问道："请问老者，这河口附近可有渡船？"

　　黑脸老者停住了脚步，满脸不高兴冷冷地瞟了燕王一眼，嘴里不耐烦地说："明知故问，河中有船没船自己没长眼！"说罢，抬腿继续往前走。

燕王一想：我乃三军之帅，难道非求他不成，干脆把他抓到中军帅帐审问算了。燕王又一琢磨：治国安邦，爱民为上。常言道，心诚则灵。燕王想到这里，第三次走到黑脸老者跟前，深深施了一礼，满脸赔笑地说："在下朱棣，为天下一统，叫黎民安居乐业，率兵来到金钟河口，今日大军被阻无法渡河，特求教老人家。"

黑脸老者赶忙跪在燕王跟前，说："老朽是镇守河口的老鼋鱼，人们相传燕王礼贤下士，是位有道明主，老朽不信，特来试探。"

燕王又惊又喜，赶忙用双手扶起黑脸老者。黑脸老者向燕王施礼说："请燕王抓紧时机过河。"说罢，一直朝河里走去。霎时间，河口潮水大退，水面上露出一个跟锅盖大小的鼋鱼。大鼋鱼伸出小脑袋向岸边的燕王点了点头，便沉到水里不见啦。

燕王睁大眼睛四下寻找那个大鼋鱼，突然发现河口水面当中，潮水渐退，露出一道三四尺宽的土坎，从南岸直通北岸。燕王立即返回大营帅帐，擂鼓集将，传令立即顺河口土坎过河。十万大军只用了一个时辰，便浩浩荡荡过了金钟河。

现在的金钟河口，水下还横着一道宽宽的土坎，每逢退大潮时，较大的渔船都难以通过这道土坎。渔民都说，这土坎是燕王扫北时鼋鱼精为大军渡河时留下的。

故事小火花

燕王礼贤下士，感动镇守河口的老鼋鱼，助十万大军渡河，追赶残余元军。

知道中国，多一点

燕王朱棣： 朱元璋第四子，受封为燕王，后发动靖难之役，夺位登基，年号永乐。他在位期间营建并迁都北京，成为历史上第一个定都北京的汉人皇帝。他礼贤下士，肃整内政，巩固边防，政绩颇著，创建"永乐盛世"。

日积月累

成大事者，不恤小耻；立大功者，不拘小谅。——冯梦龙

不忘恩师

讲述者：罗士隐 / 采录者：徐荣辉 / 采录时间：1984 年 / 采录地点：永丰湖西罗士隐家

明朝成化年间，罗伦高中状元，衣锦还乡，好不荣耀，每天登门拜访的人络绎不绝。罗伦请兄长在家待客，他自己要做的第一件事，就是带上礼物去拜望当年的启蒙老师——邓先生。

原来，罗伦小时聪明好学，无奈家境贫苦，上不起学堂，只好躲在书馆窗下偷偷听课，常遭到村里顽童的欺负、嘲笑。邓先生知道这件事后，把他带进书馆，教他读书、写字，成了罗伦的启蒙老师。罗伦长大成人后，不忘先生的教导，常常想起先生的大恩。

这天，刮风下雪。罗伦一到漕下村前，便命人落轿，不准鸣锣开道，只带两个随从抬着礼品进村。邓先生年已八十，正在午睡。罗伦担心惊动老人，不让通报，竟站在风雪中，肃立恭候。

一个时辰又一个时辰过去了。雪也越下越大，罗伦身上落满了一层厚厚的雪花。状元来拜师，很快惊动了全村人，人们同声称赞罗伦发迹不忘本。一个秀才触景生情，用指当笔，在雪地上划下"门外状元久立雪"一行大字。这时，门"吱"的一声开了，邓先生站在门口，顿时，鼓乐齐鸣，鞭炮大作，罗伦朝前叩拜："恩师在上，受学生一拜！"先生捻须大笑，扶起罗伦。他一眼瞥见雪地上的字，立即对道："庭前丹桂永传芳！"吟罢，邓先生欢欢喜喜地迎罗伦进屋。

故事小火花

尊敬师长，是中华民族的传统美德。罗伦高中状元，衣锦还乡，不忘恩师，登门拜访。他看到老师正在午睡，便在风雪中等候，直到老师醒来。

知道中国多一点

程门立雪：这个成语故事家喻户晓，和文中故事类似。宋代的杨时拜见老师程颐，老师正在午睡，他不顾风雪，一直等候老师醒来。现在比喻求学心切和对有学问长者的尊敬。

日积月累

为学莫重于尊师。——谭嗣同

马娘娘寻舅舅

讲述者：王超立 / 采录者：屠志成 / 采录时间：1987 年 / 采录地点：蓬莱路街道

朱元璋当了皇帝，不忘记小时候同他一道放牛放猪、一道夺取江山的马燕姐，封她当正宫娘娘。她就是人们常说的马娘娘。

一天，朱元璋对马娘娘说："我是上没有爹娘，下没有兄弟姐妹，连个姑舅嫂姨也没有，有时候觉着孤孤单单。你有啥亲人？倘使有，请他们进宫来。这样，一则可以亲热亲热，二则也好给他们封个官做做，免得人家笑我们得了天下忘记了亲家。"

马娘娘听了也觉得有点凄凉。"我和圣上是一根藤上的两个苦瓜，我也是同圣上一样，啥亲戚都没有。"说着话，竟长长叹了一口气。

朱元璋说："娘娘不要难过，没有就没有，只要不把人家忘记就好了。"

马娘娘听了倒想起小时候的一桩事情了："我五六岁时候，爹妈死了，没有亲戚收养，只好到处去讨饭。有一个落雪天，西北风呼呼叫，我身上只有一件破单衣，冻得浑身瑟瑟发抖，走了几家，都没有吃饱肚皮。后来，我走到一人家的门口，刚叫了一声'大爷，大娘，给口饭吃吧'！门里出来一个长眉毛、高个子的中年人。看我光了两只脚在门口瑟瑟发抖，马上把我领进去，端了热菜热饭给我吃，拿来棉衣棉鞋给我穿。听说我没爹没娘又没有亲戚，他心痛得眼泪汪汪，等我吃饱了饭，对我说：'眼前冰天雪地，饭也不好讨，你就住在我家里吧，吃好的没有，今后我吃啥，你吃啥，你看好吗？'我听他这么说，真不知道怎么感激他，只有跪下来给他磕了三个响头。他连忙一把把我拖起来，问我姓啥叫啥？我说'姓马，叫小丫'。他说'叫小丫太难听，我给你另起一个名字好吗？'我点点头，他看见屋梁的燕子，他说'你就叫燕姐吧'。我非常高兴，又点点头。他说'以后你不要叫我大爷，就叫我舅舅吧。'从此我就住在他家，他待我像亲生囡一样。可惜好日子过了只有两年多，就碰到兵荒马乱，他带着我同全家一起逃难，半路上碰到官兵把我们冲散了，到处寻不到他们，只好又去讨饭。这位舅舅的恩情，今生今世我总忘不了。你说这个人算不算亲戚？"

朱元璋说："救命恩人，比你的亲戚还要亲，我们就去寻他。他叫啥名字？"

马娘娘说："我只知道他姓武，高个子，眉毛又黑又长。他排行第四，当年我叫他四舅舅。"

朱元璋说："好，我们就叫他长眉毛武四舅舅吧。我马上派人到处张贴皇榜去寻他。"

皇榜一贴出，有些眉毛生得长的人都去冒认皇亲，想捞点官做，可是带进宫去一问，露出马脚，都吃了几十记板子赶出宫来。过了三四个月了，冒认的也被打了不少，但真的长眉毛四舅舅还是寻不到。难道当时被官兵杀了？不然，皇榜贴出去这么长远为啥还不来认亲呢？

其实这位四舅舅并没有死，那一年，他同燕姐被官兵冲散，到处寻找，却一直没有寻到她。后来他和家里人在徐州躲避了半年多兵乱，又回到家乡种地去了。寻找他的皇榜他早就看见了，只是不想去当官，也不想发财，所以不愿意去认这门皇亲。他家族中有一个人，看他老不去揭皇榜，就劝他："人家不是真的都拼死去冒认，你是真的却不去认，这不是太憨了？快去揭榜吧！"

四舅舅听了笑笑："认了这门亲，无非是想当官，官有啥当头？当官的只会欺侮老百姓，我就是讨厌那些当官的。有这门亲，我也是种地过日子，不认这门亲，也是种地过日子，我何必去攀这个皇亲呢。"

这个族里人看说不通，就代他揭了皇榜。看守皇榜的官兵被领进了长眉毛的武四舅舅家，要他马上进宫。武四舅舅再三推托不肯去，但是皇榜已经揭下来了，也被官兵看到了，皇帝的旨意，看来不去也不行了，最后只好跟着官兵到了南京。

进皇帝和娘娘的内宫之前，带他进宫的人说："武四舅舅，圣上、娘娘都在宫里，你快整整衣裳吧。"武四舅舅却说："我这套粗布旧衣裳，没啥好整的。"一步跨进去了。朱元璋正在练字，马娘娘在旁边替他研墨，听到窗外的讲话，马娘娘一下子就听出来是四舅舅的声音，连忙放下墨对朱元璋说："圣上，这一回真的是我四舅舅来了！"四舅舅被带进来，马娘娘叫了一声"四舅舅"，马上给四舅舅跪下来磕头。武四舅舅赶紧上前扶起马娘娘，嘴里说："娘娘，我不敢当。"

朱元璋在旁边心里想：先前有那么多的人来冒认，这一个也不能轻易相信，就指着马娘娘问武四舅舅："老人家，你认得她吗？"

武四舅舅看马娘娘，虽然十几年没有见面了，但眼睛面容还是同当年一样，回答说："认得，认得。"

朱元璋再追问一句："她叫啥名字？"

武四舅舅心里想：她当了皇后娘娘没有忘记我，出皇榜寻我，见了面仍旧叫我舅舅，还跪下来磕头，对我不错。她过去是个讨饭的穷丫头，叫她燕姐当然没啥，可是她现在是皇后娘娘，又当着圣上的面，我就不该失礼直叫她的名字。武四舅舅上过几年私塾，知道"燕"和"砚"同音，就指指桌上的砚台说："圣上，娘娘的名字就叫这个姐。"

朱元璋听了高兴得叫起来："真的四舅舅终于寻着了！"为了庆贺马娘娘寻着了舅舅，大摆宴席，又唱大戏，天天热热闹闹。不知不觉两个多月过去了，武四舅舅在皇宫里却过得厌烦了，一心想回家。

一天，武四舅舅对朱元璋和马娘娘说了要回家的打算。朱元璋对他说："你老人家是做惯生活的人，空下来就觉着难过。这样吧，我给你个一品官做做，替我操办操办祭祖的事体好吗？"

武四舅舅真诚地回答说："谢谢圣上，我是啥个官也不要做，一心想回家种地去，就请恩准吧！"

马娘娘看皇帝也留不住他，就说："舅舅，我只有你一个亲人，我怎么能让你走呢？要么就把你们全家都搬来吧。"

武四舅舅连忙说："不，不。让我先回去，你想我的时候，就叫人送个信，我再来，两头走走。"

朱元璋同马娘娘不管怎么留，武四舅舅还是非回家不可。朱元璋看实在留不住，对马娘娘说："实在留不住只好让舅舅回去吧，叫人多准备金银绸缎送他回家。到了家再叫送他的人带他到家附近的山头上四面望望，他能望得见啥地方，就把啥地方之内的地都划给他所有，每年皇粮交给他去用。我们用这个办法来感谢他，你看怎么样？"

马娘娘听了很高兴："谢谢圣上，就这样办吧。"

朱元璋派人把武四舅舅送回家。送他的人把皇帝的旨意告诉他，要带他上山去望望地界。武四舅舅心里想：我要那么多地做啥，家里这十几亩地的收成就够吃够用了。可是硬要违拗皇帝的旨意也不大好，望就去望望吧，只不过要等一个有大雾天到个低山头望望就算了。

等呀等，十几天过去了，这天早上的雾很大，武四舅舅要皇帝派来的人同去望望地界。其实送他的差官早已等得急煞了，现在听他说去望地界，当然高兴，但又奇怪：前几天天这么好，叫他去他不去，今天雾大看不远，他倒要去了，真是个怪人。去就去吧，也好赶快回去交差。

望了地界，各样事体都办妥当，差官到京城向朱元璋、马娘娘说："武四舅舅不要官，又不要财，实在是个好人。"

朱元璋说："他越是这样，我们越不能亏待他。"立即传旨把徐州以西的四个县和以南的四个县，这八个县的皇粮统统交给武四舅舅家；再拨专款给他家造了七十二座楼房和一个大花园，让他安度晚年。

武四舅舅一直活到九十多岁，子孙很多，都保持勤劳善良的家风。

故事小火花

马娘娘当上了皇后，不忘当年四舅舅的救命之恩，张贴皇榜寻人。

四舅舅不想去揭皇榜，也不想要高官厚禄，在乡下安度晚年，他的子孙一直都保持着勤劳善良的家风。

知道中国，多一点

马皇后：安徽宿州人，滁阳王郭子兴的养女，明太祖朱元璋的原配妻子。马皇后在生活上节俭朴实，粗茶淡饭，缝补旧衣。朱元璋对马皇后也非常尊重和感激，对她的建议往往能认真听取和采纳。

日积月累

苟富贵，勿相忘。——《史记》

千里送鹅毛

讲述者：李雁儿 / 采录者：李东升 / 采录时间：1987年 / 采录地点：江门市

杭州城里，有一间专卖古今名人字画的店铺，兼做装裱字画条幅。店主虽然对书法绘画没有什么功底，但终日和字画接触，也懂得一些门路，有一定的鉴赏力。

一日早上，天下着大雨，生意冷淡。这时，一个文士打扮的人进来避雨，他见墙上挂满字画，就仔细地欣赏。雨越下越大，到了店中开饭的时候，还没有停。伙头把饭台摆开，那文士见人家要开饭，就想冒雨走了。店主见那人细心浏览画幅，一定是书画爱好者，就热情邀请他一齐吃饭。文士见盛情难却，就答应了。席间，他们谈了一些书画之道，倒也投机。

饭后，文士见另一张台上放有纸砚笔墨，就说："我们萍水相逢，得到你的热情招待，无以为报，不如献丑，绘一幅水墨画给你，作为留念吧！"店主说："好！谢谢！"

那文士提笔调墨，很快就画好了。画上一泓清水，两只白鹅浮泅其间，真是栩栩如生，呼之欲出，并题有"双鹅图"三个字，但没有落款。店主十分喜欢，一再道谢，随手交裱画工装裱。

天晴了，文士告别出门，店主留他吃过晚饭才走，以便再作长谈。文士说有要事，不能久留，日后再登门拜访，说完就走了。两人始终没有问过姓名。

过了不久，由于书画店的生意很好，卖去很多字画，墙上出了一个空缺，店主要找一幅补上，就找到了那幅《双鹅图》。

几天之后，来了一个衣着华丽的人要买画，一眼见到《双鹅图》，其他的画连看也不看了，就指着问价。店主见他如此喜爱，便有意和他开个玩笑，说"至少白银一百两"。那人忙说"不贵！不贵！"就要付款。店主顿时觉得奇怪，想了解缘由，便说："你还要告诉我，这画怎值一百两银子，我才卖给你。"那人说："看画的气派和书法，定是当代名家王羲之的手笔，我是不会看错的。"店主细看那画，真是越看越好，越看越像，本想把它留下来，但为了信誉，只好忍痛把它卖了，深悔不知那位文士就是王羲之。

店主平白得了一百两银子，觉得如不回礼给王羲之，是过意不去的，也想借此机会结识名士。但送什么好呢？左思右想之间，忽然记起听人说过，王羲之最喜爱白鹅，就打定了主意。

经多方打听，才得知王羲之的住地。他就带了一个童子，携着两只大白鹅，去绍兴会稽山拜会王羲之。到了山上，见到一个大水池，

许多大白鹅正在戏水。携来的鹅见到池中的鹅，就"哦！哦"地叫起来。店主以为它们见水口渴，便从童子手中接过鹅，解去绑鹅绳，带去池边饮水。那鹅见松了绑，又见到水，用力挣扎，脱手逃入池中。店主连忙伸手一抓，鹅捉不到，只抓得一把鹅毛，把他气呆了。邻近又没有卖鹅的去处，赶回城去买时间又来不及，他只得硬着头皮拿着鹅毛去见王羲之，把前后经过都说了并倾诉仰慕之情。王羲之听完，哈哈大笑说："千里送鹅毛，礼轻情意重。谢谢你！"王羲之为了回报他当日的热情，留他吃了饭，还送他一幅落了款的铁划银钩的字幅。店主得到了意想不到的收获，怀着高兴的心情回去了。

"千里送鹅毛，礼轻情意重。"这句话一直流传下来。

故事小火花

店主仰慕王羲之，投其所好，想赠送他两只大白鹅。结果半路上，大白鹅跳入水池逃走了，只抓得一把鹅毛，只好拿着鹅毛去见王羲之。真是千里送鹅毛，礼轻情意重啊！

知道中国，多一点

王羲之： 字逸少，东晋书法家，后官拜右军将军，人称王右军。其书法师承卫夫人、钟繇，有著名的《兰亭集序》等帖，后人评其书法："飘若游云，矫若惊龙"被誉为"书圣"。有关于他的成语还有入木三分、东床快婿。

日积月累

以金钱赠人，不如以礼待人。——谚语

一家和睦值万金（土家族）

讲述者：冉崇雄（65岁，土家族）/采录者：西南师院中文系采风队/采录时间：1982年/采录地点：酉阳南腰界

从前，有一家人，房屋很大，有田有地，吃穿不愁，老头子半辈子不晓得愁是啥滋味。没想到，后半辈子还大大地愁了几场。

他养了三个儿子，小时都聪明可爱，谁知越长越呆，待长成后，个个都是半斤八两，呆到一起去了。儿子该娶媳妇了，请了无数媒人，却没有说来一个媳妇，人家都嫌女婿呆，不愿嫁女儿。儿子一天比一天大，愁得老头饭吃不香，觉睡不甜，巴心巴肠地想着给儿子娶媳妇的事。

后来，老大、老二好歹娶来了媳妇，只是美中还嫌不足，两个儿媳妇心性都不大灵活，百样还得老人操心。老头心里盘算道：儿子呆，媳妇笨，三年五载我腿一伸去了，这么大的家产交给哪个？于是决定拼上老命也要给幺儿寻个聪明媳妇来当家。一年过去，两年又快过完了，老头腿杆也跑细了，总算访到一个聪明姑娘，赶快就央媒人去说合。又怕夜长梦多，一说定，赶紧就娶了过来。果然没有白费苦心，新媳妇又会应酬又会理财，老头便放心地让她当起家来，自己当老太爷，享福。

一天，他喝了几盅酒，想到自己给儿子们操心也算是操到头了，家里要吃有吃，要穿有穿，万事不需求人了。他心血来潮，就写了一幅半通不通的对联去贴在大门上，上联："有田有地万事不愁"，下联："多吃多卖百业兴隆"。横联："万事不求人"。

恰好在第二天，县太爷从他门口路过，看见对联，大不以为然，心想，这家人好大胆，敢说如此大话，我倒要试试他到底求不求人。便高声叫随行差人："去把这个说大话的人给我找来。"

老头被差人推了出来，县官开口就说："本官今天有公事，要向你借银万两，限三天办齐，到时候交不出来，拿你是问。"

老头回去，愁得团团转，心想，就是把全部家产变卖也凑不齐一万两银呀。怨天怨地，最后还是怨自己糊涂。没法，只得找幺儿媳妇商量。"爹，咱不怕，县官来了有我呢。"儿媳妇一句话，老头安心了。

三天后，县太爷带着人来了，看一家子都围坐在一起，亲亲热热地商量着事情。县太爷走过去问："本官借的万两银子在哪？"新媳妇不回答，反而问："大人，你看我们一家子还算和睦吧？"县太爷顺口说："和睦。"新媳妇接过来说："一家和睦值万金。大人，这万金就借给你吧。"县太爷无话，想了想，又说："我还要借个比天大的东西，也限三天。"

县太爷一走，老头又愁了，心想这么大东西哪儿有呀。儿媳妇还是要他不要操心。三天后，县太爷来时，这家几兄弟正在分家。么儿子硬要把自己的田再分一半给爹，老头又不要。县太爷一见如此，很惊奇，说："我审的案子也不少了，只见争田争地的，却没有见过让田让地的，你们家的规矩硬与别人不同呢！"么儿媳妇赶紧接着说："大人，孝顺父母比天大，这点道理你都不知道吗？"县官一听，不知该怎么说了，老着脸皮，带着人回府去了。

故事小火花

县官看到"万事不求人"的对联很生气，故意出难题想为难老头一家。没想到新媳妇足智多谋，能言善辩，以"一家和睦值万金""孝顺父母比天大"应对，县官听后哑口无言。

知道中国，多一点

对联：又称楹联或对子，是写在纸、布上或刻在竹子、木头、柱子上的对偶语句。对联对仗工整，平仄协调，是一字一音的中华语言独特的艺术形式。对联相传起于五代后蜀主孟昶，以"对联"称之，则开始于明代。

日积月累

能随机应变的人是聪明人。——谚语

第3篇 上善若水，厚德载物

尧王传舜

讲述者：李士龙 / 采录者：王吉文 / 采录时间：1986 年 / 采录地点：翼城县西阎镇

舜在厉山上开荒种地，收成好，待人好，厉山一带老百姓都愿意靠近他。独家庄变成了小村庄，时间不长就成了个大村子。大伙儿都照着舜的样子学，互相亲亲热热，和和气气像一家人，不光是没有人吵嘴打架、争田夺地，反而你敬我爱，互相让起田界来。舜勤俭、和气、又能干的名声越传越远。

当时，尧王爷坐天下。尧王爷眼看年纪大了，儿子又不成器，他不情愿叫天下老百姓跟着受害，就时常打听哪里有贤良的人，好把天下让给他坐。舜的名声越传越大，尧王爷听说了，亲自跑到厉山去打听。打听确实后，就指派他的九个儿子去和舜一起生活、劳动。看看他到底是一块真金还是烂铜。停了一时节，尧王爷的儿子回到尧都，除了大儿子丹朱没说好话，其余的都说舜是个又贤良又有才干的人，可以把天下让给他。

尧王爷心思还不踏实，他把舜叫到朝廷里，让他先做了管农业的官，后来又做了管法律的官，再后来又做了管教育的官……朝廷里的各个官，舜都做遍了，样样干得好，尧决定再做最后一次考试。

这一天，满天黑云，压得人都快抬不起头来了，眼看大雷雨就来了，尧王派人把舜送到预先选好的大山林里。叫他等到大雷雨来了以后，一个人设法回去。这次主要是看看舜的胆量和勇气。

那个大山林里，有的是豺狼虎豹、毒蛇怪兽。可那些东西见了舜，远远地就避开了。为啥？因为舜是重明鸟托生的，他眼窝里有两个瞳仁，可以避妖驱邪。不管是毒蛇猛兽，还是妖魔鬼怪，只要舜一睁眼，它们就不顾命地逃跑了。这些，舜自己并不知道。

舜一个人在大山林里等了一会儿，真的大雷雨来了。山林里乌黑一片，狂风呜呜叫，水桶粗的大树都被刮断了；天像漏了底，大雨直往下浇；可舜胆子大，心眼好，不惊慌，也不迷向，冒着大雷雨顺顺当当走出山林，走回去了。

最后一次考试，舜又得了满分。尧王爷彻底放心了，就把天下让给他坐。

故事小火花

舜勤俭、能干，以孝著称。尧欣赏舜的才干和品德，把王位禅让给了舜，成为五帝之一。这种"非血统继承制"反映出上古时代的民主。

知道中国，多一点

禅让制："禅"意为"在祖宗面前大力推荐"，"让"指"让出帝位"。它是中国上古"五帝时代"产生国家领导人的制度。尧舜禹"禅让"的历史传说，反映了上古中国的民主制度。禅让制之后的制度被称为王位世袭制，主要是为"家天下"。

日积月累

有勇气终能达到目的，怕困难不能实现愿望。——谚语

孔子识人

讲述者：钟良男 / 采录者：陆存钢 / 采录时间：1987年 / 采录地点：哈尔滨市道外区

孔子有三千弟子，七十二贤人。孔子有个学生叫颜回，家境贫寒，但很有才华。孔子经常在众弟子面前表扬颜回，但众弟子不服气。

学堂里有时丢东西，那些贵族子弟硬说是颜回偷的。但孔子深知颜回的为人。为了证实不是颜回偷的，就要考察一下颜回。孔子想了一个办法，把一锭金子用绸子包好放在颜回回家的路上。放学了，孔子和众弟子隐蔽好，仔细观察。颜回回家走在路上，看见一个绸子包，打开一看，里面包了一锭金子，在绸子边上还写了一句话："天赐颜回一锭金。"颜回毫不犹豫地拿出笔又写了一句话："贪图外财枉为人。"然后把金子包好，放回原处就走了。孔子和众弟子走到跟前打开包一看，大家都很佩服孔子的眼力和颜回的品德。

孔子经常夸奖颜回有学问，众弟子也不服。春节到了，家家都写对联，众弟子说："夫子总说颜回有学问，咱们到他家看看他写的什么对联。"众弟子来到颜回家门口，只见破烂的门上写着一副对联，上联是："二三四五，"下联是"六七八九，"横批："南北。"众弟子一看都笑了，偷着议论："这是什么对联？老师还说他有学问？……"众弟子见了孔子就说起颜回家写的对联，并嘲笑一番。孔子说："你们不理解呀，这副对联道出了颜回的家境。二三四五是缺一（衣）呀，六七八九是少十（食）呀，只有南北是没有'东西'，合起来叫作：缺衣少食没东西。"众弟子听罢，肃然起敬。

故事小火花

颜回家境贫寒，但不贪图他人财物，捡到金子也要放回原处，并写到"贪图外财枉为人"。颜回很有学问，写对联也非比寻常之人。他巧妙地把数字和南北组合起来，道出"缺衣少食"的家境。

知道中国，多一点

颜回：字子渊，春秋末期鲁国曲阜（今属山东）人。他十四岁拜孔子为师，大多为追随孔子奔走于六国，是孔子最得意的门生。在孔门诸弟子中,孔子对他称赞最多,不仅赞其"好学",而且还以"仁人"相许。

> **日积月累**
>
> 人格的完善是本,财富的确立是末。——谚语

颜回烧粥

讲述者：陆凤鸣 / 采录者：姚根康 / 采录时间：1987 年 / 采录地点：新昌路 295 弄 58 号

孔子带了七十二个学生周游列国，到处讲学。七十三个人出去开销很大，讲学又没啥进账，所以他们生活很苦。有的地方对他们比较欢迎，给他们吃，给他们住，日子比较好过。有的地方对孔子不大相信，所以对他们很冷淡，吃的、住的都要他们自己想办法，那日子就难过了。

有一天，他们到了一个地方。当地人对他们不理不睬，他们只好住在一个破庙里。住还可以将就过去，吃就困难了。那天他们一天没吃东西，到了下半天，孔子也饿得吃不消了。他想，再不想办法，夜里再要饿一顿怎么办呢？就叫子路出去讨一点米来。因为子路口才好，出去没多少辰光讨来了一袋米。但是这一袋米如果烧饭，七十三个人是不够吃的。孔子想，就烧一顿粥吃吃吧。他就叫颜回①去烧粥，因为颜回老实，孔子对他很放心。

颜回照先生吩咐，到庙里一间灶间里淘米、生火、烧粥。到差不多辰光，颜回揭开锅盖想看看粥是不是稠韧了。想不到这房子已经长时间没有住人了，上面都是蓬尘，锅盖一开，一股热气冲上去，把梁上的蓬尘吹下来正好落到粥锅里。颜回看了十分着急，他想，这一锅子粥本来就不多，七十三个人分来吃，每人只能吃大半碗。要是把弄

---

① 颜回：春秋末鲁国人，孔子学生。

脏的粥盛出来倒掉，那就更加不够吃；要是撒烂污①只当看不见，用铲刀搅搅和盛给大家吃，又觉着心里意勿过②。那怎么办呢？后来他想出了一个办法，把弄脏的粥盛出来自己先吃，然后把其余干净的粥分给他们七十二个人吃，这样，他们每人都可多吃一点。他打定主意，就先把有灰尘的粥盛在碗里，走到门背后去吃粥。

这辰光子路正好走过，看见颜回躲在门背后吃粥，心里很光火。他想，我们大家都一天没吃东西，连先生这么大年纪也在饿肚皮，我好不容易讨来一点米，你倒先吃啦！他心里气不过，就去告诉先生。

孔子听了不大相信。他想，颜回一向老老实实，不会做这种事的。但是子路也不会瞎讲，那是怎么一桩事呢？他又想了一想，对子路说："你不要声响，等下我来问他。"

---

① 撒烂污：方言，做事马虎，不负责任；做有损于别人的事；腹泻。
② 意勿过：方言，过意不去。

颜回吃完一碗有龌龊的粥，再把锅子里的粥分成七十二碗，然后叫大家来吃粥。

在吃粥之前，孔子对大家说："大家慢一点吃。今朝大家饿了一天，多亏子路出去讨来一点米，夜里大家可以吃一碗粥，这碗粥也真来得不容易。大家在吃粥之前先要想一想，今朝有没有做过错事？啥人做过错事就讲出来，否则吃了这碗粥是要积食的。"

一班学生都一日没有吃过东西，看见这碗粥真有点急吼吼，听了孔子的话都在想：先生又要多花头①了，所以大家都不响。

迸②了一歇，颜回立起来说："先生，我有一桩事，是不是错事我自己吃不准，我讲出来请先生判断。"接下来就把刚才的事详详细细讲给孔子听。

孔子听了心里很高兴，对颜回说："你这桩事办得很好，不能算错事。"

子路在旁边听得难为情，也立起身来说："先生，我没把事弄清爽就瞎猜疑，而且还到你面前告状，是我做了错事。"

孔子说："知过就改也是好事体，大家吃粥吧！"

师生七十二人就一道稀里哗啦吃粥了。只有颜回没有吃，因为他刚刚已经吃过了。

故事小火花

梁上的蓬尘掉到粥锅里，为了让其他弟子多吃点干净的粥，颜回想出一个办法。他把弄脏的粥盛出来自己先吃，然后把其余的粥分给其他人吃，这样他们每人就可以多吃一点。

---

① 花头：方言，花招；也指男女不正当的关系。
② 迸：读 bìn。方言，不吭声；忍耐，坚持；屏着气，屏着呼吸。

知道中国，多一点

子路：名仲由，字子路，是孔门七十二贤之一，春秋末鲁国卞（今泗水县泉林镇卞桥村）人。子路以政事见称，为人伉直鲁莽，好勇力，事亲至孝，《二十四孝》中有其为亲负米的故事。他除学诗、礼外，还为孔子赶车，做侍卫，跟随孔子周游列国，深得器重。

日积月累

完美的人格，高尚的品德，是从实际生活锻炼出来的。 ——（德）叔本华

先贤燕子

讲述者：王曹记 / 采录者：武向阳 / 采录时间：1987年 / 采录地点：千阳县张家塬乡

燕子笃厚诚实，在孔子跟前十八年，一根铁扁担不离肩，给老师担书箱。孔子年年月月周游列国，在外讲学，天南海北都走了，就是没来陕西。燕子再三恳求，孔圣人才答应进潼关。走在路上，孔子只顾留意路旁景色，不知啥时候把一捆书简丢在路上了。燕子发现后，急忙下车返回去寻找。子路停住车，和孔子等燕子。等着等着，子路看见燕子回来的影子了，他用一块绸布包了一锭银子，在布上写了"天赐燕伋一锭银"七个字，悄悄放在路中间，又赶着车慢慢往前走。

等燕子抱着书简，赶上车时，子路就问燕子："你刚才在路上没拾啥东西吗？"燕子回话："见了一包银子，我没拾。"子路不信，也不好搜身，自己就倒回去寻银子。银子果然还在路上放着呢，一点没少，只见路面上有燕子用手划的几个字，"横财不发有德之人"。子路心里很不是味道。他之所以放银子试燕子，就是嫌孔圣人蛮夸奖他，心里忌妒。今天一试，燕子果然贫贱不移其性。

孔子知道这件事后，思量了半晌，终于说："我不到秦国去了，咱拨车往回走吧！"燕子苦苦相求，孔圣人说："秦国有你这样贤德的学生，老师我还有什么不放心的呢？"

故事小火花

燕子品德高尚，在路边看到银子也不据为己有，并写道"横财不发有德之人"。孔子有感而发，称秦国有这样贤德的学生，自己都不用亲自去了。

知道中国，多一点

燕子：名伋，字思，孔门七十二贤之一，渔阳（今宝鸡市燕家山）人。他二十二岁师从孔子，后返乡办起私塾，执教十八年。他想念恩师，便用衣襟掬一些黄土堆在脚下，登高望鲁，日久便堆成了十余米高的土台，人称"燕伋望鲁台"。

日积月累

富贵不能淫，贫贱不能移，威武不能屈。——《孟子》

扁鹊拜师

讲述者：白老贵 / 采录者：张少英 / 采录时间：1986 年 / 采录地点：柏乡县

有一天，有个年轻人来请扁鹊治病。扁鹊把脉一号，对病人说："你得的是头风病，药倒有，只是药引子难找啊。"年轻人急忙问啥药引子。扁鹊说："是人脑子！"病人一听吃了一惊，心说这去哪儿弄，只好愁眉苦脸地走了。走到半路碰见个串乡的老郎中，他说了自己的病。老郎中问他："你找人看过吗？"年轻人说："找扁鹊看过，他说得用人脑子做药引子，我没法，只好不治了。"老郎中摇摇头说："用不着

找人脑子，弄十来个旧草帽，煎汤喝就行了。记住，得用戴了多年的草帽才顶事。"

病人照老郎中说的做了，病真好了。这天，他出门碰见扁鹊。扁鹊见他跟没生病一样，就奇怪地问："你的头风病好啦？""是啊，一位老郎中给治的。"扁鹊忙问吃的什么药，啥药做的药引子。年轻人说："草帽煎汤。"扁鹊一听，连忙问那老郎中住在哪里。年轻人就告诉了他。

第二天，扁鹊就到老郎中门上拜师，这一学就是三年。

这天，老郎中出门治病去了。扁鹊和师弟在家里炼药，门外来了个病人，肚子胀得跟挎着鼓一样，腿粗得像檩条子。老郎中不在家，扁鹊的师弟不敢随便接待，就叫病人改天再来。病人说："求先生给治治吧！俺家离这儿远，来一趟不容易啊！"扁鹊就说："你拿二两砒霜，分两回吃。保管药到病除！"病人接过药，连声道谢走了。

病人走后，师弟埋怨扁鹊说："你不知道砒霜有毒吗？要是那人吃了，闹出人命咋办？"扁鹊说："不会，出了事我担待。"

大肚子病人拿了药在村外碰上了老郎中。老郎中说："你这病好治，买二两砒霜，匀两回吃。"病人把手一伸，说："二两砒霜，你徒弟已拿给我了，他也叫我分两回吃。"

老郎中听了挺纳闷："我这个验方还没传给徒弟啊？"他回到家里，就问俩徒弟："刚才大肚子病人的药是谁开的？"师弟忙指着扁鹊说："是大师兄，我说那药有毒，他不听，充能哩！"扁鹊说："师傅，这病人得的是臌胀病，他肚子里有毒，砒霜也有毒，以毒攻毒，病人吃下有益无害。"

老郎中问："这是谁告诉你的？"扁鹊说："是个老道人。"老郎中说："你的医术比我还高明，咋还到我这儿当徒弟呀？"扁鹊说："老先生，人的才能有高有低，我没有的东西，你有，我就该向你学。"老郎中挺感动，就把治头风病的祖传秘方传给了扁鹊。

故事小火花

　　山外有山，人外有人。听闻老郎中治好了病人的头风病，扁鹊便上门拜师，一学就是三年，最后感动了老郎中，把治好头风病的秘方传给了他。

知道中国，多一点

　　扁鹊：战国时期医学家，学识渊博、医术高明，精于内、外、妇、儿、五官等科。扁鹊创造了望、闻、问、切的诊断方法，奠定了中医临床诊断和治疗方法的基础。相传著名的中医典籍《难经》为扁鹊所著。

日积月累

不自满者受益，不自足者博闻。——谚语

鲁班拜师

讲述人：于志龙 / 整理者：程显奎、王印兰

　　鲁班是山东泰安府鲁家集的人。他爹是一位出色的木匠，手艺好，人忠厚老实，远近的十里八村，谁家盖房、嫁女、娶媳妇，都请他去做木工活。鲁班从七岁开始就跟他爹学木工。开始时，端墨斗，拉线和打零杂，到八岁能画图样，十五岁的鲁班手艺已经超过了父亲。他心灵手巧，做鸟会飞，做马会跑。父亲看到儿子的手艺一天比一天长进，感到自己没法再教儿子了，必须叫儿子到外地访师学艺。这一天，父亲把小鲁班叫到跟前说："你的手艺已经超过了我，我让你外出访师学艺，明天就动身吧。"第二天，小鲁班早早起床，吃完早饭，带着干粮。临走时，他爹对儿子说："天外有天，人上有人，不访到名师、学到绝艺，就别回来见我。"鲁班含着眼泪，离开家门，访师学艺去了。

　　鲁班一路上，靠给人家做木活挣路费，到处寻访名师、听说有出名的木匠师傅，不管路有多远，山有多高，都去登门求教。一路上他访了七十二个师傅，长了不少见识。可是，这些师傅的手艺都超不过父亲。开始想回家，后来想起父亲说不学到绝艺不能回来见他，就继续向前访师。

　　这一天，他来到大河岸边，那里正架一座大木桥。河很宽，桥很长。鲁班背着行李，带着工具，来找活干，监工把他分到木工作坊。小鲁班心想这么长的桥从两头架起怎么能合拢的严丝合缝呢？听说，监工的要去请一位祖师来在正中间架一座桥梁，明天晌午就到。人们

眼巴巴地望着。看热闹的人山人海，等着看这位老祖师架桥献艺。

第二天，天到正午，有位身穿蓝布道袍的老者，不慌不忙走上了桥头，到了中间那一空桥墩子上，解下背上的方尺和板斧，看了左右早已架好的木梁和栏杆，用方尺一量，用撬杠轻轻一点那三根大木梁，又用板斧"啪啪啪"敲了三下，一十三孔桥梁合拢一体，严严实实不差分毫。老人又眯着眼睛左右看了看，喊了一声："通车！"顿时，桥上桥下一片欢腾。大小车辆，吱吱扭扭，轱轱辘辘穿桥而过。老祖师见平安通车了，就悄悄离去。鲁班再想找这位老祖师，连个影儿也看不见了。鲁班后悔死了，他只好到监工那里去问。监工告诉他，那位祖师住在东方的黄石山，到黄石山要走千里路，跨过三条河，攀上三座山，别的什么也没告诉他。

小鲁班带上行李和工具，去东方黄石山，寻访老祖师。小鲁班走啊，走啊，过了三条河，爬过三座山，来到一座山下。鲁班走得又饥、又渴、又累，就放下行李吃干粮，喝了水，靠着行李睡着了。这时来了一个樵夫，见小鲁班正在甜睡，上前把小鲁班叫醒。樵夫问鲁班："你到这荒山野岭来干什么啊？"小鲁班告诉樵夫说："我是去黄石山拜师学艺的，不知这条路走得对不对？"樵夫看了看小鲁班那憨厚的样子说："孩子，黄石山离这不算太远，可是，这山路不好走呀！"鲁班听说路程不远，顿时来了精神，说："樵夫大伯，我已经走了上千里路，再难走的路我也不怕。"说着就给樵夫跪下了说："求大伯指给去黄石山的路吧。"樵夫告诉了鲁班。鲁班背起行李继续往前走。鲁班来到一个山口，两边是立陡的山崖，中间是只能走一人的夹缝小道。忽见一条绿头大蛇挡住去路。那蛇吐着火苗一样的毒舌，瞪着红灯一样的眼睛，直扑鲁班。鲁班不觉出了一身冷汗，他闪过蛇头，轮起板斧，咔嚓一声，那蛇头被砍掉，蛇身滚动了几下就死去了。

鲁班擦了擦汗水，继续往前走，来到了断路涧，那断路涧两边是悬崖陡壁，深不见底，涧下流水的响声让人听了毛骨悚然。鲁班在山崖左右打量着，想着过涧的办法。跳吧？跳不过去，掉进涧里就完了；

绕过去吧？又没绕路可走。正急得没办法的时候，树上"知了"叫了一声。鲁班仰头一看，这树高有数丈，直插天上。有了，把树砍倒，横在涧上不就成了一座独木桥。鲁班想出了办法，劲儿也来了，三下五除二就把那棵大树砍倒了，正正当当横在涧上，鲁班就过了独木桥。这时天已经黑了，见前面有一处亮灯，走到近处一看是三间木屋。鲁班进去，见有位白胡子老头光着脊梁赤着脚躺在床上睡大觉。鲁班一看，那老头正是桥梁工地上见到的那位祖师。他跪下就磕头，连声叫师父。不管鲁班怎样师父长师父短地喊，老头还是照样打着呼噜。鲁班一直跪到天亮。日出三竿，老者才翻身起床，擦擦眼睛，看了一下鲁班，说："你这毛孩子什么时候进来的？也不叫我一声，快起来，快起来。"鲁班见老人家醒来了，又连忙叩头说："小徒弟鲁班，千里来拜师学艺，不收下徒弟，我就永远跪在师父面前不起来了。"老头见鲁班一片诚心跪了一夜，感动地说："你这孩子走运，也是咱师徒有缘，快起来。"鲁班千恩万谢站了起来。

祖师说:"我收你做徒弟不难,得先出题考考你,答上来就留下,答不上来还是不能收你。"鲁班说:"可以,请师父出题。"祖师说:

坐北朝南五间房。
多少大柁多少梁?
一明两暗门几扇?
四合八开多少窗?

小鲁班七岁随父学艺,盖的房子无数,这样题怎么能难住他,脱口答道:

坐北朝南五间房,
四根大柁五道梁,
一明两暗门双扇,
四合八开十扇窗。

祖师听了暗暗点头,又说:"我有三个徒弟,教他们同样一种手艺,老大三年学会,老二三月学成,老三三天就出徒了,他们哪一个最有出息?"

小鲁班说:"学三个月的最有出息。"祖师说:"为什么学三个月最有出息?"小鲁班说:"祖师手艺一定是绝技。三年学成时间太长,人生有几个三年?既是绝技,也非三日五日之功就能纯熟。常言说,欲速则不达,我想三月学一绝技,是能学成的。"

祖师听了心中暗暗夸奖。接着,又出了道题:"有个木匠收了两个徒弟,大徒弟外出三年给师傅挣回一袋金子,二徒弟空手回来,只把师傅的名字刻在人的心上。你若是师傅,爱哪个徒弟?"小鲁班说:"当然要爱二徒弟了。""为什么?""金银有用完的时候,人的名字留下千秋万代。"祖师心里非常高兴。还想进一步考一下鲁班的智力,他找来三块钢料，一指院中的大磨石，让他从中选一块钢料磨成一样工具。小鲁班一看这三块钢料，一块圆钢，一块扁钢，还有一块钢板。小鲁班选了那块钢板，在大磨石上磨起来，磨了三天三夜。祖师一看小鲁班满手都是血泡，两只胳膊累肿了，眼睛熬红了，磨成了一只发亮光的直角尺。祖师脸色不悦问："锛凿斧锯不磨，磨了这把直角尺有什么用？"小鲁班回答说："尺是匠人的规距，小则可以丈量步之长短，物之宽窄，大则可量人心之曲直。锛凿斧锯不过是器具而已，怎比得上尺的重要？"祖师听了连连点头说："好，好孩子，跟师傅来！"把鲁班领到西边一间屋里。打开前后窗户，小鲁班一看，案上摆的是各种模型，有楼、亭、榭、阁、舟、车、桥、塔、桌、椅、箱、柜、木牛流马、机关暗簧。小鲁班这一回算开眼界啦，眼睛不够用了。恨不得满脑袋都长上眼睛才好。祖师指着这三百六十种模型说："徒弟，这些模型，是我多年的心血所造，集三三九九天地阴阳之数，举一反三，变化无穷。每种模型必须拆九次装九次，方能记熟在心。等这三百六十种模型都装拆完了，你的手艺也学成了。"小鲁班按着祖师的指点，每天拆装模型，拆了装，装了拆，转眼间已快到三年。那些模型全都拆过了，闭着眼睛也能装上。小鲁班还发现师父的案子下面有许多没有装成的模型，他想把这些模型再装拆几遍。这一天，祖师来检查他的功课，小鲁班说："师傅你这些模型我都学会了，能不能把您案子下面的模型装给徒弟看看？"祖师沉下脸说道："世上的技艺是永远也学不完的。案下面那些留给后人去装拆，你明天就下山吧。"小鲁班一听说要他下山，心想，我上山就忙着学艺，没给师傅尽一点孝心，就这样走了，别人会说自己无情无义的。他跪下哀求再留下来给师傅尽一点孝心再走。祖师笑了笑说："徒弟，明天一定要下山，赵州有一座大桥等着你去修呢，不然就耽误事了。"小鲁班问师父："还有什么嘱托没有？"祖师说："这把尺是你用血肉磨出来的，把它带在身边，经常用它量一量自己心是曲，是直？"鲁班忙跪下接自己磨的那把钢尺。

鲁班学艺三年，只知道师傅是黄石山上的高人，不知真名实姓，这回要下山了，便问师傅的姓名。祖师哈哈大笑起来："为师早把自己的姓名忘得一干二净，有人问起你师父，你就说我是黄石山人吧。鲁班修赵州桥是从黄石山学艺回来修的第一座桥梁。鲁班的名字流传了千年，黄石山的名字也流传了千年。

故事小火花

鲁班经历千难万险，拜黄石山人为师，终于学得一身好手艺。他用血肉磨成一把钢尺，是匠人的规矩，可丈量人心之曲直。

知道中国，多一点

鲁班：姓公输，名般。他生活在春秋末期到战国初期，是我国古代一位出色的发明家，现在木工师傅们用的手工工具，如锯、钻、刨子、铲子、曲尺，划线用的墨斗，传说都是鲁班发明的。因此，我国的土木工匠们都尊称他为祖师。

日积月累

只要功夫深，铁杵磨成针。——谚语

陈振东收奇徒

讲述者：张吉羽 / 采录者：陈 菲 / 采录时间：1987 年 / 采录地点：衢县湖南镇

有一天，一个病人来求医。叶天士搭过脉后对病人说："你患的是不治之症，我这里无法医治，还是快点回去吧。"病人听后，满怀忧虑而去。

三年后，有一个体魄强健的人来找叶天士。叶天士一眼看去，便认出这是三年前那个病人，感到十分惊奇。那人说："先生三年前给我诊断，说是不治之症，而我今天大病已愈，身强体壮。先生，你还算不得医术高明啊！"叶天士听了十分羞愧，经详细询问，才知道那人的病是兰溪陈振东先生治愈的。他原以为自己医术高明，未料到陈振东先生竟然在他之上。第二天，叶天士便关闭诊所，前往浙江兰溪拜师。

这天，陈振东家里来了一位陌生人。四十开外年纪。谈吐文雅，举止大方，苦苦哀求，要拜陈振东为师。陈振东也是个好心人，就把他收了下来，让他先学着配药。门诊室与药房设在同一幢屋里，药房在陈振东前堂，诊室在后堂。病人到诊室都要从药房柜台前走过。这位新到的配药师站在柜台内。凡有病人从柜台前走过，他用眼睛一番盯梢，便看得出七八分病情，先生药方一到，他不用细看，便知道是哪几味药，分量多少。所以撮起药来，动作利索。时间长了，只要病人从柜台边走进去，他便开始撮药，等药方到，药已包好递了出来，并且与药方上开的分毫不差。

有人私下对陈先生说:"你从哪里请来这个配药师?真是奇才呀!我多次见他药方未到,药就配齐了。"陈振东说:"此话当真?"那人说:"岂敢说谎?"陈振东仍然将信将疑。

第二天,有个病人来看病。跟往常一样,药方开出后,一递进药房,药便包好递了出来。陈振东暗中看得仔细,借口外出小解,追上那病人,检查他的药是否与药方相同;一查,果然分毫不差。陈振东这才相信。他又惊奇,又高兴,把药还给那位病人后,就回到家中,吩咐厨房里添菜、置酒,说是有稀客来吃晚饭。

当晚,陈振东请配药师来赴宴,把他当作上等客人看待,殷勤劝酒,一再要他讲出真实身份来。

配药师见陈振东态度诚恳,这才说出了自己就是苏州叶天士。陈振东一听,大吃一惊:"先生是江南名医,为什么要到兰溪来埋名受屈？"叶天士说："实不相瞒，只因三年前遇一病人，属肺烂后期，我认为不可救药，拒之门外。岂料却被先生治愈。由此可见，先生高明远在我之上，所以愿投门下为徒，以增学识。"陈振东回忆起三年前确曾有过此事，便说："这是书上有的，我试着配方，也是那病者侥幸得救。"说罢，取出医书翻给叶天士看。书上写着：肺烂后期，药效不济，可日以雪梨为食，至愈乃止。叶天士也取出自己的医书翻看，跟陈振东的相同，只不过那一行字被蛀虫蛀掉了。两个人越谈越投机，从此成了好朋友。

故事小火花

叶天士贵为一代名医，却虚怀若谷、善学他人长处。他信守"三人行，必有我师"的古训，只要有比自己高明的医生，都愿意拜师学习。叶天士这种虚心好学的精神值得我们学习。

知道中国，多一点

叶天士：叶桂，字天士，号香岩，别号南阳先生。他出生于医药世家，聪明绝世，求知如渴，从小熟读《内经》《难经》等古籍，博采众长，融会贯通，除精于家传儿科，在温病一门独具慧眼，是四大温病学家之一，与薛雪等齐名。

日积月累

虚心的人万事能成，自满的人十事九空。——谚语

孔子师项橐

讲述者：崔贤浩 / 搜集者：崔贤浩 / 采录地点：兖州县

相传有一年冬天，孔子游说讲学，一日行至兖州西文（今旧关）遇见一个小孩正用树枝在土路上画画。孔子凑近一看，见小孩画了一座城。孔子见他画得认真仔细，城也画得很漂亮，不忍从上面踏过，便从一旁绕着走。

孔子刚刚走过，不想那小孩竟气恼地甩掉画画的树枝说："你这老先生没道理，凭着城门不走，却绕城而过。"

孔子以为小孩误解了自己，便解释说："我是看你城画得好，怕踩坏了，才绕道而过，你应该感谢我才对呀！"

小孩不以为然地说："城若不让人过，要城有何用？我画的城就是让大家走的。"

孔子见小孩说得有道理，很赏识他，就约他一路同行。因为是冬天，树上的叶子早就掉光了，只有松树和柏树仍挂着绿。小孩指着路边的几棵松树问孔子："老先生，你说松树为何冬天也不落叶，天再冷也能枝茂叶青？"

孔子说："松树心实不虚，所以才耐得严寒。"

"老先生说得不对。竹子倒是心虚不实，可他也跟松树一样耐得严寒。"

孔子见小孩说得也有道理，一时不知再说啥好。

两人走到护城河时，正巧有一群鹅"哦哦"地叫着跳进了水里。

小孩又问孔子："老先生你说说鹅的叫声为什么这样响亮？"

孔子想了想说："鹅的脖颈长，故能引吭高唱。"

小孩摇摇头说："老先生又差了。那井里的蛤蟆河里的蛙，脖子能算长吗？却是叫声震天不亚于鹅。"

孔子红红脸，嘴上虽没说啥，心里却暗自佩服这小孩才智过人。

两人又往前走，来到城门口，忽然听到一阵阵吹吹打打的喇叭声，只见从城里走出一队送葬的人。领头的那个人披麻戴孝，挥舞着哭丧棍边走边唱，后面的那些人也没有哭的。

孔子心里老大不快，正想走过去教训他们一番，却被那小孩拉住了胳膊。待到送葬的人走远，孔子责问小孩说："生之于父母，养之于父母，父母过世悲哭才是。刚才那帮人不光不流眼泪，而且还边走边唱，真是不成体统。我要去教训教训他们，你却把我拉住，这是什么道理？"

小孩反问孔子："老先生可曾听清他们唱些什么？"

孔子说:"不曾听清。"

"您连人家唱些什么都没有听清,却要去教训人家,不知老先生怎样'对症下药'?"

这一问倒真把孔子问住了。孔子问小孩:"你可曾听清他们唱些什么?"

"听清了。他唱的是'肥猪出了圈,野马上了羁,金银入了柜'。"

孔子不解。他问小孩:"你可解得这其中之意?"

小孩说:"这有啥难。'肥猪出了圈'就是给闺女找了婆家,'野马上了羁'就是给儿子娶了媳妇。该操心的事都操完了。"

孔子又问:"那金银入了柜又作何讲?"

小孩说:"'金银入了柜'指的是父母享尽天年有了归宿。老先生刚才讲过,生之于父母,养之于父母,这话不假,但是父母过世不一定悲哭就好。有的人父母在世时百般虐待,是不孝之子,而父母去世时却装出一副孝敬悲伤的样子,放声号哭,以欺世人。而有的人却不哭,父母在世时他们问寒问暖,百般敬重。父母过世时,心中虽然悲痛,但却问心无愧。真正孝敬的人,悲痛只是装在心里,那些啼啼哭哭的人不过是做样子给别人看的。刚才那人一路走一路唱,我看他是个懂得孝道的人。唱只是有意警醒世人,并不为过。"

孔子点点头,觉得很有道理,遂拜他为师。

这个孩子就是项橐。

故事小火花

孔子是中华文化思想的集大成者,儒家学说的创始人。他不耻下问,虚心向小孩子学习,真正践行了"三人行,必有我师"。

知道中国,多一点

项橐: 春秋时期莒国(今山东省日照市)的一位神童,在他七岁的时候，孔夫子向他请教，把他当作老师，后世尊项橐为圣公。据考，这种说法最早见于《战国策》。后人便以"项橐"代称早慧的儿童。

日积月累

三人行，必有我师。——《论语》

父子比高下（门巴族）

讲述者：旺扎 / 采录翻译：于乃昌 / 采录时间：1979年9月 采录地点：错那县勒布区

皮休嘎木是一位有名的工匠。皮休嘎木有个儿子，他向父亲学手艺，刚学到了一点手艺就满足了，觉得自己有了很大的本事，骄傲起来，不想再继续学下去了。

有一天，皮休嘎木对儿子说："这样吧，我们父子俩人，各自做一对飞翼，我们驾着飞翼到天上去，看谁飞得高、又能降得下，好吗？"

不等父亲说完，儿子就十分自信地回答："好，比比看。"

飞翼做好了。父子俩驾着自己做的飞翼腾空而上，简直像两只高翔的白鹤一样。儿子飞得确实比父亲还高，在天上哈哈大笑，十分得意。

开始下降了，皮休嘎木把固定木羽的木钉摘下一个，飞翼就降落一段；又摘下一个，又降落一段……木羽不断地减少，皮休嘎木终于安稳地降到了地面上。可是，儿子在天上，转来转去，怎么也降不下来。眼看着父亲降到了地面上，他真的着急了，心慌意乱，不知怎么办才好。他一下子拔掉了双翼，于是就像一块石头一样从天上落了下来，结果摔死在地面上。

　　所以，门巴族俗语说："做事不懂要问父亲，走路不快要寻骏马。"

故事小火花

　　儿子刚刚学到一点手艺就骄傲起来，不想继续学习了。他和父亲比飞翼，只能升高不能下降，结果摔到地面上。山外有山，人外有人，做人一定要谦虚好学。

知道中国，多一点

　　门巴族：是中国具有悠久历史文化的民族之一，主要分布在西藏自治区门隅和上珞渝的墨脱及与之毗连的东北边缘。门巴族擅长竹藤器的编织和制作各种木碗。他们的民歌曲调优美、流传久远，其中以"萨玛"酒歌和"加鲁"情歌最为奔放动人。

日积月累

　　虚心使人进步，骄傲使人落后。——毛泽东

石葫芦

讲述者：肖良 / 采录者：肖沛昀 / 采录时间：1980年 / 采录地点：昌黎县赤洋口二村

从前，有一个石匠很有本事，觉着没人敢跟他比艺，就把名字改成了"世无比"。

有一天，世无比带领他的徒弟修了一座大庙，庙快盖完了，来了一个瘦老头儿，找世无比要点活干。世无比看这老头儿又瘦又矬，背着的工具又旧又破，说："看你挺可怜的，要吃的咱屋里有。干活吗，可插不进手了。"老头儿一笑说："你别看不起我，我的名字可叫'世无敌'呀！"世无比一听名字比自己的还玄乎，觉着挺好笑，有心耍耍笑他，就说："正好，大寺门角上还缺两个石葫芦，你我各凿一个，限三天凿出，你看怎样？"老头儿答应了。

第一天，世无比让徒弟们挑来选去，找了一块又白又光的大石料，叮叮当当地干了起来。干了半天，他对徒弟说："去看看那老头儿凿得咋样了？"徒弟到老头儿那一看，回来告诉说："师傅，那老头儿还睡觉呢。"

过了两天，世无比又对徒弟说："你再去看看那老头儿。"徒弟一看，老头儿还在睡觉呢！世无比听后哈哈大笑，说："看来这老头儿连个葫芦形也凿不出来了！"到了后响，那老头儿懒洋洋地站起来，揉了揉眼睛，随便找了一块石头，就"乒乒乓乓"干了起来。徒弟们想看个究竟，可屋里石粉乱飞，只听见响声，不见老头儿。

过了半个时辰，老头儿从屋里出来，对屋外世无比的徒弟们说：

"去叫你们师傅来吧。"世无比让徒弟抱着他凿的石葫芦来到老头儿跟前。老头儿一看他凿的石葫芦果然不错,嘴里却说:"这没啥了不起的!"世无比不服气,说:"那就把你凿的拿出来吧。"老头儿进屋抱出一个石葫芦。大伙一看,这个石葫芦蔓叶齐全,跟真的一样。老头儿对世无比说:"你的石葫芦里有啥?"世无比说:"有石头呗!"老头儿说:"我这石葫芦里有三十二粒石葫芦籽儿。"说着,他一按上面那片叶子,石葫芦一开两半,里面瓤籽齐全,数了数,整整三十二粒。

世无比一看,张开大嘴说不出话来了。待他醒过神时,那老头儿早就走了。大家这时才知道那老头儿一定是鲁班祖师。

从那以后,世无比把自己名字改了,再也不敢自以为了不起了。

故事小火花

两只石葫芦外表相差无几,内里却天差地别。石匠只是雕出了石葫芦的外形，而老头却雕出了石葫芦的瓤籽，跟真的一样。骄傲的石匠终于认识到了自己的不足。

知道中国，多一点

庙：原指祭祀祖先的地方，即所谓宗庙。那时，对庙的规模有严格的等级限制。《礼记》中说："天子七庙，卿五庙，大夫三庙，士一庙。"现代中国人，一般皆称佛教之寺院为寺，如佛寺，而称道教及民间宗教之建筑为庙。

日积月累

骄傲来自浅薄，狂妄来自无知。——谚语

宰相的度量

讲述者：董振诚 / 采录者：陈国旺 / 采录时间：1987年 / 采录地点：廊坊市安次区北史务村

吕端来到自家的门前，只见人来人往很热闹。进门又见到处是花红柳绿的喜幛。家里人对他说，他兄弟娶亲哩，喜幛是官宦富豪们送的。

大小官员们听说当朝宰相爷回来了，赶忙前来拜见。吕端对他们说，自己被贬为民了，不必拜见。这一下可炸了窝，势利眼们一个个换了脸色，有的摘下自己送的喜幛走了。家里一下变得冷冷清清。

说也凑巧，这时，听到门外一阵马蹄响，有人喊："圣旨到！"原来皇上派人请吕端回朝重新当宰相。刚才散去的人听说吕端官复原职了，又提着礼物回来了。七品知县也坐着轿返了回来，一进门就跪在吕端脚下，不住地打自己的嘴巴，说："相爷，我不是人，相爷造化大，大人不拿小人怪！"书童上前揪起知县说："大胆狗官，敢戏弄相爷，摘去你的乌纱帽！"这可吓坏了知县，双手使劲护住乌纱帽。吕端拉开书童说："不能这么说，他知道错了，我就高兴，何必强迫别人去做不愿做的事情呢！"知县一听高兴地说："相爷，你真是宰相的肚子能撑船啊！"

吕端上任要走了，知县备好了轿子。吕端说："不用了，等我再被罢官的时候，你再用车接我吧。"

过了几年，吕端又被免了官，知县气得甩掉乌纱帽，冒风险驾车迎接吕端回家。从这儿，"宰相肚里能撑船"这句话就流传下来。

故事小火花

听到吕端罢官的消息，那些势利小人便纷纷避让；听到吕端官复原职的消息，那些官员又来巴结讨好。前后态度天差地别，但吕端胸怀大度，没有计较，真是"宰相肚里能撑船"啊！

知道中国，多一点

吕端：原安次县人，是宋朝一位有名的宰相。他的父亲吕琦，是后晋的兵部侍郎。吕端轻财好义，广交朋友，宽宏大度。"宰相肚里能撑船"一语源于他。在吕端的家乡，永定河一带，流传着很多称颂他的传说。

日积月累

诸葛一生唯谨慎，吕端大事不糊涂。——毛泽东

爷孙情

讲述者：李义俊 / 采录者：王锦屏 / 采录时间：1988 年 / 采录地点：岷县曲子乡

古时候有老两口，养了一个儿子。儿子长大后娶妻生子，小孙子刚满一岁，老汉的儿子就死了，儿媳妇也改嫁出门了。老两口把小孙子视如珍宝，娇生惯养，同时给孙子惯了一个毛病，就是每天要把老汉、老婆子各打一巴掌。老汉还给孙子起了个名字叫响亮。响亮长到七岁时，老汉就把他送到学堂去念书，放学回来后先打人，后吃饭。起初响亮一打，老两口还高兴得笑，等响亮长到十一二岁，老两口身上天天有孙子打的伤。

一天，响亮上学去了，老汉和老婆子一商量，干脆逃走吧，不然响亮打得更响了，迟早有一日会被孙子打死的。于是，两个人收拾一番，就悄悄地逃走了。

老汉和老婆子在外面四处讨饭。又过了七八年，忽然一天，他们碰见了新任知府。这个知府是个十八九岁的年轻人，坐在轿里不闪面，就叫手下衙役问："你这个老头是干什么的？"老汉说："回大人，草民是讨饭的。"知府就叫手下衙役转告他："既是讨饭的，量你生活也没着落，我想把你二老带到府上，干些零碎活，年终多给你们些赏钱，不知你愿意不愿意？"老汉说："那太好了，我先谢过大人！"

知府把他俩带到府上，让他们休息了两天，然后就让衙役对老汉传话："你到林里割些连枷条子吧！"老汉答应一声，到林里割了一捆指头粗的条子，回来了。

第二天，知府又传话："再去剁几根胳膊粗的木棍吧！"老汉又去剁了几根背回来了。

第三天，知府又传话："再去砍一根椽吧！"老汉又去砍了一根椽抬到了府上。

第四天，知府又让他去锯一根柱子，老汉到林中锯了一根柱子抬了回来。但他不明白知府要这些东西干啥，就偷偷地问衙役："大人要这干啥？"

衙役说："知府大人要你把这些连枷条子给他曲圆。"老汉照办，很容易全曲圆了。

衙役又说："知府大人要你把这些木棍也给曲圆。"老汉一听，犹豫了一会儿，就把木棍拿到火上烤，费了好大劲才勉强曲弯。

最后衙役又说："知府大人叫你再把这根椽子和柱子曲圆。"老汉一听傻了，这样大的木头哪里能曲圆呢，连忙跪倒在地："请你转禀大人，草民实在没办法把这样大的木头曲圆，望大人恕罪。"

也就在这时候，忽听后院一阵大笑，知府走出来了。知府说："我早知道你没办法了！起来吧，你认得我是谁吗？"

老汉一看知府，面孔很熟，可一时想不起来，就结结巴巴地说："你……你……是知府！"

知府说："不对，我是你的不孝孙子响亮。小时候我打你们，也不能怨我，都怪你们没把我教育好，等长大了就管不了啦。就像刚才曲这条子一样，越小曲起来越容易，越大就越不容易曲了，教育人也是这个道理。所以，我以前的过错，都是你们的错。可是，我入了学，读书明理，深受恩师的教导，才明白了事理。要没有我的老恩师耐心教诲，我勤奋读书，哪能金榜题名呢？"一席话说得老汉闭口无言，只得不住点头。

故事小火花

老两口娇惯孙子，结果使他养成了打人的坏习惯。后来孙子入学，受恩师教导，发奋读书，金榜题名。孩子要从小教育好，才能成才。

知道中国，多一点

金榜题名：语出五代王定保《唐摭言》第三卷："金榜题名墨上新，今年依旧去年春。花间每被红妆问，何事重来只一人？"金榜指科举时代殿试揭晓的皇榜，题名指写上名字，意思是科举得中。古有人生四大乐事：久旱逢甘霖，他乡遇故知。洞房花烛夜，金榜题名时。

日积月累

树杈不修要长歪，子女不教难成材。——谚语

王状元移地教子

讲述者：王淦心 / 采录者：张力男 / 采录时间：1990 年 / 采录地点：孝义县城关

明朝天启年间，山东济宁府的王状元，在他金榜高中的那年，夫人焦氏给他生下个小少爷，取名"双庆"。王状元在翰林院做官，因老母年近七十，不愿离开故土，所以王状元一人在京居住。

双庆生在状元府的福窝里，全家上下，对他都很溺爱，老祖母更把他当"老祖宗"看待。双庆长到七岁，该上学了。家里请来一个饱学秀才吕先生教他读书。吕先生和王状元是同窗好友。好友的儿子，怎能不尽心教他成才？！但事与愿违，双庆从小娇惯坏了，入学后，今天称头痛，明天说脑热，三天打鱼两天晒网，不肯用功学习。先生讲课，他是爱听就听，不爱听就不听，还对先生说："我是状元的儿子，谁爱听你的驴叫唤。"吕先生没办法，只好给王状元写信，说明真情。

就在这时，王状元因为做官清正廉明，触怒了九千岁魏忠贤，被赶出翰林院，贬到雷州当了通判。他接到好友来信，大吃一惊，就辞官回家，一心琢磨儿子的事情。这天午后，他带着书童到后花园散心。看见竹林后的花墙旮旯里，堆着两大堆东西，一堆是瓷器片，一堆是绸缎条块。这是怎么回事？他找来管家问，才知是少主人小时爱哭，摔了碗，"咣当"一声，不哭了。后来听腻了，又改成撕绸扯缎，"滋拉"一声，不哭了。天长日久，就落下这么两大堆东西。王状元一听，无名火起，但碍于老母亲的脸面，只好暂时忍在肚里。

三日后，王状元将双庆叫到书房，考问功课。一问，双庆一个字也答不上来，王状元忍不住，上去就是一巴掌。双庆遭打，哭声震天。老夫人赶来，不依了，龙头拐杖墩着地板"嗵嗵"响，王状元双膝跪地赔不是。夫人也跪倒在地，恳求婆母息怒，男女奴仆们跟着跪倒一大片。双庆见奶奶为他做主，更像杀猪似的尖声嚎叫起来。

　　正在这个时候，门卫来报说："吕先生来了！"

　　吕先生向老夫人报告说：奸宦魏忠贤宿怨在胸，最近有可能派锦衣卫抓王状元，可能连双庆也要抓走，要先做个准备。母亲大惊失色道："不如我儿早早逃奔他乡躲躲去吧！"王状元说："母亲呀！那魏贼手下有五虎、五彪、十狗，四境之内，密布爪牙，孩儿名声较大，想逃也没得个逃处！"老夫人便急问："以儿之见呢？"王状元说："吕先生与儿情同手足，不如将双庆认作他的义子，带到他家去教养成人。等到日后斗转星移，双庆再认祖归宗，依旧做我王家的子孙。"老夫人虽舍不得孙儿离开，但事到如今，再无良策，只好含泪点头答应。当晚，便安排让双庆拜过义父，准备衣物银两，第二天早饭后，派了一名忠实的仆人，备了马车，匆匆送吕先生和双庆回家。

从此，老夫人和夫人每日提心吊胆，害怕听见门外有马蹄声。谁知半年过去，锦衣卫的马蹄并没有踏进她家。两个女人又想双庆想得实在憋不住了，就派管家带一名仆人去接双庆回来，没接着，说是吕先生的宅院已更换了主人。新主人也不知道吕先生搬到哪里去了，只说是一个很远很远的地方。老夫人听了哭得捶胸捣肚，但也无可奈何。

花开花落，一晃十年过去。崇祯皇帝登基，魏忠贤自尽，魏党被清除。王状元被起用，圣旨送到的这一天，王府里正张灯结彩，大摆宴席，为太夫人庆祝八十大寿。当儿女、媳妇和众宾朋为她拜寿时，寿星婆忽然想起十年不见面的双庆，不禁老泪横流了。王状元劝慰说："前天，儿请来刘半仙，占得'水火既济'上上课①。他说，三天之内，庆儿必定会回家来。请母亲宽心，说不定骨肉团聚，就在今天！""'算卦人的口，没底的斗。'他说福不来，说祸准会撞上。你不要哄为娘了！"说着又掉下泪来。

这时，门公来禀道："老爷，有从沧州来的一老一少二位客人，前来拜见。"王状元闻报，三步并作两步跑出去，把客人迎接进来，来人正是吕先生和庆儿！喜从天降，老夫人万没想到，一时差点晕了过去。仔细端详，庆儿仪表堂堂，已长大成人，并且在吕先生的精心培育下，十年寒窗苦读，考取乡试第一名，得了个解元。

原来，王状元看出儿子让他奶奶和妈妈宠坏了，继续下去，必成废才，就想出这条"幼苗移栽"的妙计。怕老夫人不答应，就编了一套有关魏忠贤、锦衣卫的谎话；为了避免老人家派人前去打扰，吕先生迁居别处，也是他俩事先商量安排的。

吕先生不负好友的重托，十年呕心沥血将双庆教育成才，十分难得。当日，吕先生坐了上席，老夫人亲自给他满了三杯酒，表示感谢。

---

① 上上课：意思是最好的卦签。

故事小火花

父母是孩子的第一位老师，宠溺孩子会使他骄横跋扈，品行恶劣。只有让孩子多吃些苦头，多经历些事情，才能长成参天大树。

知道中国，多一点

解元：明清科举制度，分为乡试、会试和殿试，乡试为省一级考试，考试合格者为举人，第一名为解元；会试是举人在京城参加的全国统一考试，考试合格者为贡士，第一名为会元；殿试是由皇帝亲自主持的考试，贡士参加殿试录为三甲都叫进士，第一名叫状元。

日积月累

花盆里长不出参天松，庭院里练不出千里马。——谚语

树要从小扶，人要从小教

讲述者：刘训兰 / 采录者：姜雅君、贾义标 / 采录时间：1987年 / 采录地点：海滨街道

　　从前，有一个做官的人，娶了娘子二十多年，一直没有生养，所以心里很着急。又过了十多年，娘子有喜了，生了一个白白胖胖的儿子。他开心得不得了，把儿子看作性命一样，非常宝贝。过了几年，孩子稍稍懂事了，他还是那样宠爱，儿子要怎么样就怎么样，百依百顺。无论是走亲眷还是望朋友，他总把儿子带在身边，连官场请客吃酒也带着儿子一同去。

　　儿子十岁那年，有一天，从外婆家回来，没有看见爹，问娘："爹到啥地方去了？"娘告诉他，被人家邀请去做客了。儿子一听大发脾气，狠狠说："竟敢不带我去，等他回来就杀死他！"说完气冲冲走了。娘听了又吃惊又担心。到了二更天爷回来了，娘子告诉他说："儿子刚才回来过了，找不到你就怒气冲冲走了，还讲等你回来就杀死你。"爷笑了笑："不会的，他耍小囡脾气，小囡的闲话怎么能当真呢？"娘子劝他："你不要小看他，都怪你平日对他百依百顺，宠得他无法无天！你去拿一只大冬瓜来，和你的衣服、帽子放在床上，然后你躲起来，看他回来怎么样。"爷还是听不进。娘子硬把他藏起来，然后抱来一只大冬瓜放在床上安排好。

　　儿子回来问娘："爹爹回来了吗？"娘说："回来了，睡在床上。"儿子转身到厨房拿了一把菜刀，走到床前一刀砍下去。儿子听见"咔嚓"一声，以为他真的杀了爷，闯下大祸，丢下菜刀就往外跑，一歇歇就

无影无踪了。娘气得把躲在里屋的丈夫一把拖出来,埋怨说:"你看这就是你宠的好儿子!要不是我事先防着点,你的头还有吗?"爷方才感到自己对儿子过分宠爱,差点害了自己,也害了儿子,他发誓今后一定要对儿子严加管教。他立刻派人分头去找儿子,但找来找去也不见儿子的踪影。

夫妻俩想想只有这么一个儿子,十分焦急,不分白天黑夜到处寻找。一连几天,找得他们筋疲力尽,还是没有下落。娘子又气又急,竟生了重病,不久就过世了。爷看娘子死了,儿子又找不到,想想做官还有啥意思?这份家产传给啥人?他下了决心,不找到儿子,誓不罢休。于是,他辞了官,变卖了家产,出门寻找儿子去了。

再说那天儿子拼命往前跑,最后跑得连路也不认得了。一到天黑,他又饿又怕,号啕大哭。一个老伯伯路过,问他为啥哭?他只好一五一十告诉老伯伯。老伯伯晓得他不敢再回家了,就把他带回家去,

严加管教。从此，儿子在老伯伯的管教下，晓得过去不对，决心改过，刻苦读书。十几年以后，竟一举考中了状元。

爷为了寻找儿子，走南闯北，用光了钱财，拖垮了身体，弄得狼狈不堪。一天，他来到儿子的状元府门前，竟支撑不住晕倒在地上。刚巧他儿子从外面回来，看见有人倒在路上，就叫手下人把他救醒，问他是不是迷了路。爷把自己的遭遇实言相告。状元一听，才晓得自己的爷没有死，但他不敢认爷，只把他留在家里，为他请医生调理。过了几天，爷身体恢复了，又要上路去寻儿子。儿子对他说："我从小离开父亲，缺少父爱。你就留在此地，把我当作儿子吧。"爷连连摇头，一定要去寻找儿子。儿子却执意不放他走，爷对状元说："我不能白吃饭，除非让我替你家做点事体。"状元想了一想说："好，我后花园有一棵柳树，树身歪斜难看，你如果愿意，每天去扶几下。哪一天把它扶直了，我给你一笔钱，你就上路去寻儿子吧！"爷想想身边一文钱也没有，出去也难，就答应了。

从此，他每天按状元说的去扶树。扶了好多日子，他对状元说："老爷，这树如果是小树歪斜了我倒是有办法把它扶直。现在长得这样高大，我实在没有力量做到了。"状元听了立即跪下来，边哭边说："爹爹！我就是你的不孝儿子呀！现在你才懂得树要从小扶，人要从小教的道理。因为你过去过分宠爱我，不教育我怎样做人，差一点伤了你的性命，误了我的一生啊！"

后来，"树要从小扶，人要从小教"的熟语，一直流传下来。

故事小火花

爹娘娇惯儿子，宠得他无法无天，一点小事不顺心就想杀死亲爹。后来儿子在老伯伯的管教下，决心改过，刻苦读书，考中了状元。

知道中国，多一点

不教，父之过： 这是《三字经》里的一句话。父母是孩子的第一个老师，要从小担负起教育孩子的责任。故事中的儿子就是被父母宠坏了才会做下错事。古有孟母三迁、曾母投杼和岳母刺字的故事，都是成功教育子女的典范。

日积月累

杂草铲除要趁早，孩儿教育要从小。——谚语

第④篇 忠诚敦厚,秉政清廉

晏殊伴读

讲述者：郑锦荣 / 采录者：郑祥云 / 采录时间：1984 年 / 采录地点：郑祥云家中

北宋景德年间，临川出了个天下闻名的神童——晏殊，他七岁能文，才学过人。说来也巧，此时还出了位名叫蔡伯希的神童，不仅同岁，而且都天资聪慧，才华超群。

大宋出了如此奇异之人才，真宗赵恒皇帝心中大喜，他破例赐给他俩进士出身，留在朝廷里伴同皇太子赵祯读书。

论才学，蔡伯希和晏殊差不多，难分高低，但两人的品德却截然相反。年幼的皇太子性情好玩，不愿读书，晏殊总是耐心地规劝他。蔡伯希对皇太子却一味奉承，这样一来，皇太子对晏殊的良言更觉得刺耳，因而对晏殊极为不满，常有意寻些鸡毛蒜皮的事跟晏殊过不去，但晏殊却从不计较。相反，蔡伯希却鬼头鬼脑，处处讨皇太子的欢心。皇宫里的门槛很高，皇太子跨不过了，蔡伯希总是趴在地上，用脊背给皇太子当过门槛的垫脚。

有一次，真宗皇帝要查阅皇太子的学业，命题做一篇文章，皇太子半晌也下不了笔，又怕父皇责备，心里十分焦急，便要晏殊代做一篇应付。晏殊认为这是弄虚作假，没有答应。蔡伯希知道这事之后，心想这是讨好皇太子的好时机，便赶写了一篇送给皇太子，要他一字不漏地照抄。真宗皇帝发现文章不像出自太子之手，便追问下来，晏殊如实禀告了真宗皇帝。皇太子受到父皇责备，气得咬牙切齿，恶狠狠地骂晏殊："待吾王来日登基称帝之时，非杀掉你这奴才不可！"晏殊却回敬说："来日太子就是要杀我，卑职今日也不能说假话、做假事。"

光阴似箭，转眼过去了二十多年，真宗皇帝驾崩后，皇太子接位登基，成了仁宗皇帝，蔡伯希自以为过去与皇太子关系很好，现在非做大官不可。谁知仁宗皇帝却拜晏殊为宰相。蔡伯希心里很纳闷，就去问仁宗皇帝。仁宗皇帝告诉他："昔日朕年幼无知，良莠不分，如今朕统管海内，深知国家无真才不兴啊。""皇上，我……"蔡伯希刚想解释就被仁宗皇帝打断："不错，爱卿与晏宰相当年都是才华横溢的神童。可爱卿之为人却华而不实，私心太重，时至今日乃未改正。宰相乃朝廷之肱股，国家之栋梁，朕觉得如此重任只有晏殊这种德才兼备、诚实可靠的人才能担任。爱卿意下如何？"一席话，说得蔡伯希哑口无言。

果然，晏殊不负帝望，在任相期间，忠心耿耿，辅佐仁宗皇帝，使大宋国泰民安，天下太平。

故事小火花

一个人仅仅有才学是不够的,品德高尚更重要,德才兼备、诚实可靠的人才能担当大任。蔡伯希才学出众却一味地奉承太子,最终没有得到重用。晏殊忠言逆耳,成为朝廷肱骨之臣。

知道中国,多一点

晏殊:字同叔,抚州临川人。十四岁以神童入试,赐进士出身,北宋著名文学家、政治家。晏殊能诗、善词,文章典丽,书法皆工,而以词最为突出,有"宰相词人"之称,一生写了一万多首词,大部分已散失,仅存《珠玉词》136首。

日积月累

君子诚之为贵。——《礼记》

王尔烈教太子

讲述者：刘宝山 / 采录者：于丹波 / 采录时间：1986 年 / 采录地点：海城市腾鳌镇

清代乾隆年间，王尔烈在翰林院教书。

一天，他让管事的太监请来太子，他叫太子自选一段《孟子》背诵背诵。

太子站着迟迟疑疑地背道："孟子见梁……"刚开头，就卡壳了。王尔烈阴沉着脸，紧皱眉头，训斥太子说："殿下一味贪玩，荒废学业，

不肯发奋读书，不听规劝，这就难以宽恕了！"王尔烈指着孔圣人像下的黄绒棉垫，怒喝一声："跪下！"太子看看周围没有人，就"扑通"一声跪下了。

这时，皇上闲游路过书房，王尔烈罚太子下跪，他看得真真切切，气得脸色煞白。平时，太子身上落片树叶，宫女太监都吓得手忙脚乱，父子天性，皇上亲眼看见儿子受了委屈，矮了半截，能不心疼？皇上心里暗说：王尔烈呀王尔烈，我让你教太子读书，谁让你叫他下跪？这还了得！

太监推开房门，皇上满脸怒气走到太子跟前，王尔烈给他磕头，他没理睬，猫腰拉起太子就往外走。太子也怪，他爹不来，啥事没有，皇上一来，他哇的一声，眼泪鼻涕全下来啦。

皇上拉着太子，一边往外走，一边说给王尔烈听："读书是太子；不读书，照样当皇上！"王尔烈面对着皇上父子的背影，感慨地说："读书明理，励精图治，可成仁君。从小厌恶诗书，贪图享乐，长大能否立业兴邦，那就难说了！"皇上听了王尔烈的话，拉着太子又回到书房，指着黄绒垫子，冲着太子喊道："跪下！"太子很机灵，又在老地方规规矩矩地跪下了。

皇上满脸带笑，问王尔烈："卿家，你罚太子下跪，心里不害怕吗？"王尔烈行了君臣之礼，回皇上说："圣上，臣罚太子下跪，很害怕。我害怕太子学业无成，不明事理，日后上殿，昏君当道，百姓可就不得好日子过了。"

皇上听了，连连点头，当场给太子下了一道口谕："不听师教，理应重罚！"

故事小火花

皇上看到太子被罚跪，心疼不已，斥责老师王尔烈。王尔烈不惧皇上盛怒，道出读书明理，励精图治可成仁君的道理。皇上遂不再庇佑太子，让他谨遵师命。

知道中国，多一点

王尔烈：字君武，号瑶峰，辽阳县贾家堡子（今属蓝家乡风水沟村）人。他以诗文书法、聪明辩才见称于世，是乾隆、嘉庆年间有名的"关东才子"，为翰林院编修、侍读。《辽阳县志》称誉其为"词翰书法著名当世者，清代第一人"。

日积月累

读书读礼仪，练打练脾气。——谚语

不事二主

讲述者：施姓老人 / 采录者：丁正华 / 采录时间：1953年 / 采录地点：江阴东乡

施耐庵知道朱元璋和刘伯温要来找他，故意躲起来。朱元璋和刘伯温走到施耐庵的书房里，找不到人，只见桌上放着一本书，朱元璋便把书悄悄藏在袖管里带回去。这本书就是施耐庵写的《水浒传》。朱元璋到家一看，吓得半天说不出话来。他觉得施耐庵本事很大，不肯做他的官，听他的使唤，竟敢写出这种教人造反的书来，如不趁早除去，将来必是大害。于是一怒烧了书稿，也不告诉刘伯温，便派人去秘密捉拿施耐庵。

施耐庵听到朱元璋要派人来捉他,把一生书稿整理整理,交付门人罗贯中,便自己去投案。朱元璋把施耐庵下在天牢里,叫刘伯温去劝他做官。施耐庵对刘伯温说:"你的才学不在我之下,明朝有你这样的人就够安邦定国了。我是保过张士诚的,朱元璋是张士诚的仇人。一臣不事二主,要我投降朱元璋,做他的官,是万万办不到的!"

刘伯温和施耐庵是同学,对施耐庵这样坚持气节,也很敬佩。在朱元璋面前尽力帮他敷衍。关的日子多了,施耐庵很不好受。这天他问刘伯温:"我怎么才能出去呢?"刘伯温想了一想,说:"你怎么来的,还怎么去吧!"施耐庵灵机一动,马上明白了。于是装疯卖癫,一夜写出了一部《封神榜》[①]。刘伯温拿去送给朱元璋看,并说施耐庵如何疯疯癫癫,胡言乱语。朱元璋看了《封神榜》,信以为真,便吩咐把施耐庵放了。

后人都知道施耐庵千日造《水浒》,一夜造《封神》。朱元璋烧去的那本《水浒》稿子是副本,正本已由施耐庵交给罗贯中收起来了,一直流传到现在。

故事小火花

施耐庵闭门著书,写出了四大名著之一《水浒传》。面对朱元璋的劝降,他不为所动,不事二主,表现出崇高的气节。

知道中国,多一点

施耐庵: 名子安,本名彦端,江苏白驹人,元末明初小说家。博古通今,才华横溢,曾中进士,后弃官闭门著书,与弟子罗贯中一起研究《三国演义》《三遂平妖传》的创作,搜集并整理关于梁山泊宋江

[①] 《封神榜》是明代许仲琳编著,并非施耐庵所作,这里只是故事需要才如此说。

等英雄人物的故事，创作"四大名著"之一的《水浒传》。

日积月累

忠不必用兮，贤不必以。——屈原

洪母斥子

讲述者：李远芳 / 采录者：李辉良 / 采录时间：1990 年 / 采录地点：南安县

洪承畴降清后，随顺治皇帝入关。摄政王多尔衮为了笼络人心，特地在北京地安门外为洪承畴建了一座华丽的府第，并启奏顺治下旨，命钦差接洪承畴的家眷入京，为的是让洪承畴死心塌地替清廷卖力。

钦差奉旨来到福建泉州南安英都乡。此时，洪承畴的弟弟洪承峻已经离家到五峰山去隐居了；洪承畴的妻子张氏痛恨丈夫降清，也到泉州平水庙去当尼姑；洪承畴母亲要照顾卧病在床的丈夫，还要照看几个孙子，只好闷在家里过日子。

洪母接到圣旨，自然清楚清廷的一番用意。心想，上京也好，我要亲口骂骂这个该死的畜生，也出出这口怨气。洪母就叫老家人照顾洪承畴的父亲，她老人家带着孙子上路了。

一路上，洪母上轿坐船，沿途行了几个月，亲眼看到清兵烧杀抢掠，强迫老百姓"留头不留发，留发不留头"，心里十分难受，对投降变节、为虎作伥的儿子洪承畴更加气愤。

到了京城，钦差把她安置在一所华丽的府宅里，管家说这是洪大人的寓所。洪母住下大半天，还不见儿子的脸，说是忙公事去了。为了教训儿子，洪母故意穿了套嫁衣，坐在厅堂上等待儿子。傍晚，洪承畴一身清朝官服进来，一见母亲，急忙上前问安。洪母端坐在椅上，冷冷地瞥了儿子一眼，不作声。洪承畴只好侍立一旁，抬眼见母亲这番打扮，感到奇怪，就轻声问："母亲，您为何这般打扮？"洪母板着脸不作声。

"母亲，您是心里高兴，所以穿这么漂亮的衣服吧？可这是姑娘穿的，您老人家穿来，有点不合适。"洪母仍旧不作声。

"母亲，孩儿不孝，不能长侍膝下。这回圣上恩准，接您进京，共享荣华富贵，您应该欢喜才是，您怎么这样穿戴？"

洪母突然大声说："你父病重，不久人世，我要改嫁。"

洪承畴一听，羞得无地自容。他知道母亲出身书香门第，是个知书识礼的人。她说这话，明明是表示自己对儿子降清不满。在封建社会里，女人改嫁是件失节的事，她老人家年纪这般大，装着要改嫁的样子，分明是讽刺儿子做了明朝大臣竟然投降清朝，好比女人活到老又改嫁失节一样。

洪母指着洪承畴继续骂："原以为你从小聪明有大志，没想到你投靠满人为虎作伥！"洪母把一路上看到清兵残杀百姓的惨景诉说了一番，又骂："早知你头上长着反骨，我恨不得生你下来时就把你捏死！"

洪承畴跪在地上，辩解说："请母亲息怒，孩儿奉旨出师辽宁，在松山打了败仗，陷入敌牢，水浆不入。一天晚上，孩儿梦见清帝真龙出现，先朝气数已满，孩儿通权达变，并非有意背叛大明，望母亲曲加鉴谅！"

这番话是洪承畴事先编好的，以便掩盖自己的过错，博取母亲的谅解。哪知洪母不容情，一眼就看出来了："畜生，你还不老实，你知道人间还有羞耻二字吗？"

洪承畴恭恭敬敬地说："孩儿罪该万死，如今听从母亲处置。"

洪母说："你既知罪，那么，就得听从我提出的三件事，好好向你的主子交涉。你必须完全做到，我才甘心。"

洪承畴见母亲怒火暂息，心里高兴，忙问："哪三件事，您尽管提出来！"

洪母道："你们男人没出息降清，不及我们女人有骨气。因此，第一，男降女不降！"

洪承畴赶紧应了一声："是！"

洪母又说："大明百姓生前受满人煎熬，但死后仍为大明鬼。因此，第二，生降死不降。"

洪承畴又应了一声："是。"

"读书人追求功名利禄，可和尚、道士、尼姑养性修道，岂肯同鞑子合流为伍？所以，第三，儒降僧道尼不降。"

洪承畴又应一声："是。"

"所说三件，你做得到吗？"

"母亲放心，孩儿一定向清廷交涉。"

不久，洪承畴就把母亲提出的三件事向顺治皇帝提出来。顺治皇帝怕汉人闹事，加上洪承畴递上奏本陈述一系列利害关系，为收买人心，就一一准奏照办。

因此，在清朝，女人出嫁到死俱穿明朝服装，表示女人不降的意思。人死后祭礼沿用明朝风俗习惯，那是表示死不降的意思。而僧、道、尼都不改装，又表示僧、道、尼不降的意思。

故事小火花

洪承畴降清，洪母从大义出发，提出三个条件：男降女不降；生降死不降；儒降僧道尼不降。表现出崇高的民族气节。

知道中国，多一点

洪承畴：字彦演，号亨九。崇祯时官至兵部尚书、蓟辽总督，松锦之战战败后被清朝俘虏，后投降成为清朝汉人大学士。为了巩固清朝的统治，他建议清朝统治集团也须"习汉文，晓汉语"，了解汉人礼俗，淡化满汉之间的差异。

日积月累

人生自古谁无死，留取丹心照汗青。——文天祥

忠诚敦厚，秉政清廉 | 147

唐太宗认错奖敬德

讲述者：李登峰 / 采录者：张俊强 / 采录时间：1987 年 / 采录地点：礼泉县王见村

唐太宗李世民，原先非常宠爱大臣吏部尚书唐俭，每次吃饭都要和他在一张桌子上吃。如果唐俭来迟，他也就等候着。不知为什么，他突然讨厌起唐俭来了。

有一次，李世民与唐俭下棋，为争一步棋，李世民发怒，将唐俭贬为谭州州官。唐俭被贬以后，李世民恨犹未消，给尉迟敬德说："唐俭看不起我，我想杀了他，只是抓不住把柄，你替我在下边收集一下唐俭的怨言。"敬德答应了。过了两天敬德朝见，李世民问他收集得怎么样？敬德叩头说："没听到唐俭有啥怨言。"李世民再三追问，敬德

说:"唐俭没怨言,陛下要臣捏造,臣死不从命!"李世民一听大怒,把手里玩的玉器摔得粉碎,拂袖入宫去了。

过不多时,李世民气消了,琢磨出敬德的话有道理,便传旨摆宴。李世民在宴会上对群臣说:"敬德做了一件大好事,有三利三益。三利者,唐俭免冤死,朕免枉杀人,敬德免屈从;三益者,朕有悔过之美,唐俭有再生之幸,敬德有忠直之誉。"当场奖敬德绸缎一千匹,群臣听了无不称赞。

故事小火花

敬德正直忠诚,不愿捏造谣言,陷害忠良,面对皇上的怒火亦是从容不迫。唐太宗虚心纳谏,知错就改,成为一代贤君。

知道中国,多一点

唐太宗: 唐太宗李世民,祖籍陇西成纪,杰出的政治家、军事家、诗人。李世民为帝之后,积极听取群臣的意见,虚心纳谏,生活节俭,劝课农桑,使百姓能够休养生息,安居乐业,开创了中国历史上著名的贞观之治。

日积月累

知错能改,善莫大焉。——《左传》

与皇上下棋

讲述者：张振馨 / 采录者：肖功望 / 采录时间：1980 年 / 采录地点：韶关市风度管理区第六居委会

张九龄是个才华出众、多才多艺的人，棋也下得很好。在朝廷做官时，唐明皇李隆基很佩服他，常常找他下棋。

唐明皇下棋不是张九龄的对手。有时候，他被张九龄步步紧逼，被困得连气也喘不过来；有时候，一开局就被张九龄三将两将给将死了；有时候，他看着自己已占了上风，就要胜了，却想不到被张九龄一个反攻，最后还是落了个败局。

唐明皇心里好奇，又不服输，就天天迷恋着下棋这件事。

张九龄见唐明皇平时花天酒地，不把国家大事和黎民百姓放在心上，现在又迷着下棋，心里很不高兴。有一次下棋，他对唐明皇说："陛下，天天下棋不好啊！"

"不要紧！"唐明皇一面回答，一面提了"车"来捉张九龄的"马"。

张九龄又说："陛下，老这样下棋，朝廷大事您怎顾得了啊？"

"不要紧！"唐明皇把张九龄的"马"给吃掉了。

"现在内则官吏贪污腐化，有天无日；外则异族猖獗，侵犯边境，如果我们不能富国强兵，国家有难，百姓也就不能安居乐业了。"

"不要紧，不要紧！"唐明皇仍旧回答说，"朝廷的事有文武官员料理，你快下你的棋吧。"

张九龄恼了，再也不说话了。他一边下棋，一边想法子让唐明皇把"车"腾了出来。唐明皇以为得势，拿起"车"就横冲直撞，连扫几个棋子后，又在中宫线上叫"将军"！

张九龄没有起"仕"保"帅"，只上了一步"卒"，就像没有叫"将"那回事。

唐明皇对张九龄的走法感到奇怪，就提醒他说："我'将'你呀，你还顾得上走'卒'？"

张九龄若无其事地回答："不要紧！"

"你不顾我'将'军，我就要把'帅'吃掉了！"

"不要紧。"

"我把'帅'吃了，你就全盘棋子都输了，你怎么这样糊涂，还说不要紧呢！"

张九龄这时才哈哈大笑说："陛下，下棋好比管理国家大事，如果那'帅'一动也不动，与各子不齐心，各子也不去保护他，这一局棋当然是输了。不过，下棋只是一种娱乐罢了，国家大事才是要紧的。您是一国之君，尚且可以丢下国家大事不顾，我还有什么乐趣去顾一个死板板的木头棋子呢?"

一席话,说得唐明皇面红耳热。此后,他就不再天天叫张九龄下棋了。

故事小火花

唐明皇晚期开始堕落,迷恋下棋,不关心国家大事和黎民百姓。张九龄利用下棋的机会劝谏皇上,君臣齐心,才能把国家治理好。

知道中国,多一点

张九龄:字子寿,韶州曲江(今广东韶关市)人,世称"张曲江"。张九龄是一位有胆识、有远见的政治家、文学家、诗人。作为开元盛世的最后一个名相,他忠耿尽职,直言敢谏,选贤任能,不徇私枉法,不趋炎附势,敢与恶势力作斗争,为"开元之治"做出了积极贡献。

日积月累

良药苦口利于病,忠言逆耳利于行。——《史记》

李侗智警张三府

讲述者：郑用熙 / 采录者：郑仁喜 / 采录时间：1987 年 / 采录地点：南平市夏道镇

李侗晚年时告老还乡，在延平府樟岚村隐居。他衣食俭朴，平易近人，从不以太师自居。

离樟岚村有十里的云盖罗坑村有一个姓张的官，因为管辖建宁等三府，所以人们就叫他张三府。张三府这年回乡祭祖，打从延平启程，一路上差役兵勇前呼后拥鸣锣开道，张三府坐在八人抬的大轿里好不得意。到罗坑祭祖扫墓之后，大宴小宴连续办了三天。然后，张三府又坐着大轿由兵勇亲随们簇拥着由罗坑村经洋头、吴丹、樟岚、下岚

到斜溪村游行庆祝。一路上高跷、彩车、锦旗、唢呐、锣鼓、吹拉弹唱、鞭炮声、三铳声不断，好不热闹。路过樟岚村里，张三府也不下轿，照旧大摇大摆地过去。

李侗夫人瞧完热闹回来，埋怨李侗说："你瞧人家一个小小三府如此威风，谁像我们家这么冷冷落落的呢？"李侗笑了笑说："这个张三府真是得意忘形了，我要向他敲敲警钟。"他就吩咐老家人搬了一把太师椅放在门前大路中间，又在太师椅上披一件自己的官袍，然后如此这般地吩咐了一番，让老家人守在太师椅旁专等张三府的游行队伍返回。

下午未时，张三府的游行队伍返回了，到了樟岚村，只见路正中放着一把太师椅，椅上披着一件太师袍，椅旁还坐着一位老家人正在打瞌睡。张三府一看这情景，清醒过来了——这是李太师在为难自己呀！他慌忙叫队伍停下，自己下轿跪在太师椅前连声称："多有得罪！请老太师高抬贵手从宽处置。"那家人只作疲倦爱睡，什么也没听到一样，连眼睛也不睁一下。张三府见老家人不理，又连连请求老家人："老管家，请你通报太师，卑职狂妄，得罪了太师大人，请太师宽恕。"连说几遍。老家人才慢吞吞地进去回复李侗。张三府把腿都跪酸了，正在叫苦连天，方才看见老家人慢吞吞地出来拿了太师官袍，背了太师椅回去，连一句话也不给张三府留下。张三府非常尴尬，忙命游行队伍散去，自己跟着几名亲随脱了官帽换了鞋子走路回到罗坑村。

此后，张三府再不敢作威作福了，办事小心谨慎，倒替老百姓办了一些好事。

故事小火花

张三府当了官就得意忘形，大张旗鼓地游行耍威风。李侗身为太师，却衣食俭朴，平易近人。为了给张三府敲警钟，他故意让家人把太师椅放在大路中间，披上自己的官袍。从此，张三府再也不敢作威作福了。

知道中国，多一点

李侗：宋南剑人，字愿中。从学罗从彦，为所称许。退而结茅山田，谢绝世故。朱熹曾师事焉。世号延平先生。有《延平问答》及《语录》传世。

日积月累

有礼走遍天下，无礼寸步难行。——谚语

海瑞母亲六十大寿

讲述者：戴彩国 / 采录者：朱 煌 / 采录时间：1987 年 / 采录地点：凤阳路 376 弄 13 号

海瑞在浙江淳安县任知县辰光，正逢他的母亲六十大寿。海瑞的母亲谢太夫人知书达理，勤俭朴素，二十八岁就守寡，靠做针线生活把海瑞抚养成长，对儿子的读书，督促非常严格。

淳安县衙门里大小官员，都认为新上任的知县官一定要为母亲大做生日，所以大家暗下各自准备了寿礼。

海瑞想，如果为老娘隆重做寿，不但花费太多，而且还要使上下官员借这个机会都来送礼。那么，从此我的手脚就要被捆牢，讲话的

嘴巴就会被塞牢,将来不能秉公办事了,我不能被人家冲开这个缺口。海瑞几次三番想同母亲商量,但话到嘴边又咽下去了。

到了母亲生日那天,海瑞仍旧整天忙碌处理公事,闭口不谈做寿的事体。衙门里的上上下下一些人心里奇怪,但又不敢问,只能够暗中留意海瑞的行动。

海瑞办好公事,买了两斤肉、一斤酒,回到家里,向老母亲拜寿。他跪在母亲面前,一边磕头,一边说:"母亲长寿!母亲长寿!"

谢太夫人连忙把海瑞扶起来,眼泪在眼眶里转,但心里非常高兴。说:"囡啊,你做得对!你做得对!你没有辜负为娘的一片苦心。"

夜里,谢太夫人把两斤肉烧成几样小菜,同海瑞一道饮酒吃饭,过了一个既朴素又快活的生日。

故事小火花

海瑞的母亲谢太夫人知书达理,勤俭朴素,教子有方。海瑞一生清廉,老母亲六十大寿,不收任何寿礼。只买了两斤肉、一斤酒,给老母亲拜寿。

知道中国,多一点

海瑞:字汝贤,号刚峰,广东琼山(今属海南)人。他打击豪强,疏浚河道,修筑水利工程,力主严惩贪官污吏,禁止循私受贿,并推行一条鞭法,强令贪官污吏退田还民,有"海青天"之誉。

日积月累

为官以廉为先,从政以勤为本。——谚语

海瑞罢官归田

讲述者：吴延标 / 采录者：黎国器 / 采录时间：1990 年 / 采录地点：琼山县府城镇

海瑞罢官归田后，一家数口住在一间破旧、低矮的房子里。屋顶经常漏雨，用石头垒砌起来的墙壁，由于年久失修，也快崩塌。海瑞决定修建房子。

一天，海瑞请老友邱郊等人来商量修建房子的事情，邱郊说："你到大陆做官整整十八年了，手中积累不少吧？"海瑞感叹地说："官倒是当了，地位也不低，要想赚钱么也是容易的，但我觉得干什么事，如果存私心，于己于人都是不光彩的。"海瑞在乡亲们的帮助下，把房子修好了，十八年来积累的银子也差不多花光了。至于田地，他没有购置一分一厘，全家人的生活，就靠耕作祖传的十亩地，和靠他的妻子、海安、海雄编织些草鞋出售来维持。海瑞平时还帮助别人写信、写楹联和写文章，所得的一些报酬用来作为生活补贴。虽然他的生活并不宽裕，但遇到邻居有困难，却是慷慨相助的。

海瑞罢官居家期间，仍不忘海南民众的生产与疾苦。他给当时的琼州巡道唐敬亭写了一封信，要求他清丈田亩，平均赋役，减轻人民负担。唐敬亭接受了他的意见，在全岛各县开展了清丈田亩的活动。平民百姓对这一举动甚为高兴。他们说："明王朝直到今日才均赋役啊！"有一位书吏，在清丈海瑞的田地时，考虑到海瑞生活困难，有意为他瞒报一亩八分地，好减轻他的赋税。但是，这件事却被海瑞发觉了，他马上叫这位书吏纠正过来，补报一亩八分地，并且教育这位书吏，以后办事不要存私心。

有一年，海南灾情十分严重，农作物几乎被旱死，水稻失收，农民叫苦连天。海瑞生活也十分困苦。朝廷为了照顾海瑞的生活，专门派了一名御使来慰问，并给海瑞救济了十两银子。

海瑞家的邻居都是一些贫苦的农民，村子周围尽是苍翠的竹子。海瑞常和一些贫苦农民编织竹器拿到集市上卖，挣些银子来维持生活。这一天，琼州太守唐敬亭陪同御使来到海瑞家里，只见海瑞衣着褴褛，身体极为瘦削，正同一些老农编织竹器。这位御使看到海瑞的这种情景，心里很不好受。这时，刚好是中午时分，海瑞留他们吃饭。唐太守满以为海瑞一定杀鸡宰羊搞点好菜招待他们，谁知端出来的尽是酸菜、咸虾酱和番薯稀饭。唐太守和御使面对这些食物只好苦着脸，不敢动筷子。海瑞笑着说："吃吧，尝一尝这些味道也好嘛。我家有这些东西吃还算不错了，其他贫苦农民都没有这些东西吃了。"海瑞边说边

吃，吃得很香。可是这两位当官的看到这些饭菜，早已有点恶心，哪里敢亲口尝一尝呢！他们坐在那里干瞪眼，啥话也没说。这时有两位衣着破烂，瘦骨伶仃的农民走进来，二话没说，便跪倒在海瑞和二位官人面前，连连点头道谢。这两位官人莫名其妙，问海瑞道："这两位奴才是来干什么的？"海瑞笑着说："他们是我的邻居，几天来没有米下锅了，饿得很难受。你们刚才给我的十两银子，我都送给他们了。而且讲明是你们送的。所以，他们代表大家来感谢你们了。"

两位官人听了海瑞的话，才恍然大悟。

故事小火花

海瑞一生清廉，罢官后生活拮据，看到邻居有困难，却是慷慨相助。他爱民如子，罢官后也不忘替百姓做事，请求官府清丈田亩，平均赋役，减轻人民负担。

知道中国，多一点

赋役：赋税和徭役的合称。赋税指历代统治阶级用强制方法向人民征收的实物、银钱等；徭役指历代统治者强迫人民从事的无偿劳役，包括军役、力役、杂役等。历代赋役名目繁多，老百姓深受其苦。

日积月累

廉而自忘其廉，则人高其行而服其德。——《读书录》

一瓢橘子望丈母，礼轻情意重

讲述者：朱炳良 / 采录者：宋新根 / 采录时间：1982年 / 采录地点：齐贤乡

奉贤有句话叫"一瓢橘子望丈母，礼轻情意重"。那么，为啥只拿一瓢橘子望丈母娘呢？其中有它的来历。

从前，黄歇浦南岸有个穷小囡名叫鞠一枝，他只读过两年书，就到王寡妇家去放牛。王寡妇看他玲珑乖巧，就要把女儿许配给他。从此，不要他放牛，让他专心读书，结果考中了进士。后来，被派往浙江黄岩任知县。

两年以后，鞠一枝想念家乡，打算回家探亲。百姓晓得了，都来

送橘子，你一篓，我一筐，没几天，橘子堆成了山。但鞠一枝怎么也不肯收下，对大家说："乡亲们的一片心意我收下，但橘子我不能收。"有个老公公跪下来说："大人为民造福，办事公正，百姓都爱戴大人。如果大人不收橘子，我们就送到大人家去。"鞠一枝万分感动，只好说："我拿一只，你们的心意我领去。"鞠一枝推辞再三，最后只收下一只黄岩蜜橘回家了。

鞠一枝回到家里，取出那只蜜橘，说明它的来历，捧给爷爷吃。可是爷爷不吃，让给奶奶吃；奶奶不吃，让给媳妇吃；媳妇不吃，让给女儿吃；女儿不吃，让给全家最小的儿子吃。可是儿子也不吃，让给姐姐吃；姐姐又不吃，让给妈妈吃；妈妈又不吃，让给奶奶吃；奶奶又不吃，让给爷爷吃。兜了个圈子，一只橘子仍旧回到了爷爷手里。爷爷待了半天，笑着说："这样吧，每人吃一瓣，尝尝味道。"他将橘子轻轻剥开，一瓣一瓣分给大家。

鞠一枝也分到了一瓣，他正想吃，忽然想道：如果没有丈母娘资助，我哪里有钱读书？怎么能当官？哪有这橘子？对！让她老人家也尝尝味道。他就把一瓣橘子包好，来到丈母娘家，恭恭敬敬送给丈母娘。丈母娘非常生气："两年不见，你就拿这一瓣橘子来看望我？小气鬼！"说啥也不收。鞠一枝连忙把这一瓣橘子的来历一五一十说出来，丈母娘听了十分感动，笑着说："你不忘恩情，真是一瓣橘子望丈母，礼轻情意重啊！"她接过一瓣橘子塞进嘴里，高高兴兴吃起来。

从此，这句话就传开了。

故事小火花

鞠一枝廉洁办公，深受百姓爱戴。回家探亲时，乡亲们送来很多橘子，他万分感动，只收取了一只橘子带回家去。他不忘丈母娘的资助恩情，把一瓣橘子分给丈母娘。

知道中国，多一点

进士：中国古代科举制度中，通过最后一级考试殿试者，称为进士。隋朝首次开进士科，因进士科是常科，考取最难，所以最为尊贵。在明朝和清朝，殿试封录取考生为三等称三甲。一甲三人依次为状元、榜眼、探花，称"进士及第"。

日积月累

微微为礼，薄薄为情。——谚语

后记

　　《中国故事库》中所选用的多篇精彩的民间故事，全部来自《中国民族民间十部文艺集成志书》（以下简称《十部文艺集成》）中的《中国民间故事集成》。作为汇集了海量民间智慧的《十部文艺集成》，它秉承了中国盛事修志的文化传统，以超乎中国以往任何历史时期的广度和深度，对民族民间文艺进行了一次全面、深入的普查和挖掘，系统地收集和保存了我国各地各民族的民间优秀文学艺术遗产，记述了其历史与现状。这是一套气势恢宏，具有中华民族深厚文化传统和独特民族风格的民族民间文学艺术的鸿篇巨制。

　　《十部文艺集成》的整理和出版，凝聚了众多文艺工作者和民间艺人的心血与智慧，同时也为世界文化宝库增添了一个绚丽多彩的瑰宝，并将中华民族数千年来散落在民间的无形精神遗产变为有形文化财富。它不仅为研究中国民族民间文艺，研究中国的社会、历史、宗教、民族、风俗提供系统、丰富、可靠的资料，也为繁荣当前的文艺创作，提供了取之不尽、用之不竭的素材。更为重要的是，它还将对促进中外文化交流，增强中华民族的凝聚力、自豪感，产生极为深远的影响。

　　具体到《中国故事库》丛书的编写过程中，面对浩如烟海的民间故事，我们对其进行了仔细的遴选和编辑。首先在规模上确保每个省、市、自治区都有一篇故事入选，同时也尽可能多地采纳了那些来自少数民族的故事。其次，针对本书的主要阅读对象，我们从思想内容和审美趣味两个方面对故事做了适当的筛选和取舍，侧重选择了一些趣味性强，易于青少年理解和接受的故事。另外，我们还在每篇故事的篇首完整地注明了故事的讲述者、采录者、采录时间和采录地点等信息。这些信息大大增强了故事来源的现场感，也表达了我们对故事背后民间文艺工作者的敬意。最后，我们还在不破坏民间故事原味与语意的基础上，对部分故事进行了适当的润色和修改，以使读者的阅读更加顺畅。

《中国故事库》系列丛书能够与读者见面得益于众人的努力，除了前面提到的民间文艺工作者之外，还要向协助本书出版的朋友们致以谢意。最先要感谢的是光明日报出版社的诸多同人，尤其是潘剑凯社长的大力支持，以及钟祥瑜、焦春华两位编辑的辛勤付出，没有了他们，《中国故事库》系列丛书就只是徒有空想，始终无法穿上漂亮的书衣。刘先福、阿比古丽尼亚孜、张远满和李洋四位同学在故事遴选和后期校对这两个环节贡献良多，他们的努力为本书提供了品质保障。此外，本书能够顺利付梓也离不开文化部民族民间文艺发展中心主任李松和中国节日志编辑部的王学文、崔阳和魏玮，他们也在出版过程中做出了各自的贡献。

当然由于编者的水平有限，书中难免会有疏漏，恳请广大读者朋友们予以指正，对于您的帮助我们不胜感激。

文化部民族民间文艺发展中心